读与被读

READ OR BE READ

刘文飞——著

浙江文艺出版社
Zhejiang Literature & Art Publishing House

图书在版编目(CIP)数据

读与被读 / 刘文飞著. —杭州：浙江文艺出版社，2023.7

ISBN 978-7-5339-7217-2

Ⅰ.①读…　Ⅱ.①刘…　Ⅲ.①世界文学—文学评论—文集　Ⅳ.①I106-53

中国国家版本馆CIP数据核字(2023)第060839号

策划统筹　王晓乐　　责任编辑　周　佳
营销编辑　张恩惠　　责任校对　陈　玲
责任印制　吴春娟　　数字编辑　姜梦冉　诸婧琦
封面绘图　一条丝带er　　封面设计　有品堂_刘　俊
赠品设计　吕翡翠

DU YU BEI DU
读与被读
刘文飞　著

出版发行　浙江文艺出版社
地　　址　杭州市体育场路347号
邮　　编　310006
电　　话　0571-85176953(总编办)
　　　　　0571-85152727(市场部)
制　　版　杭州天一图文制作有限公司
印　　刷　浙江海虹彩色印务有限公司
开　　本　787毫米×1092毫米　1/32
字　　数　157千字
印　　张　8.25
插　　页　5
版　　次　2023年7月第1版
印　　次　2023年7月第1次印刷
书　　号　ISBN 978-7-5339-7217-2
定　　价　68.00元

好的读者

既要冲动

又要冷静

既要天马行空

又要明察秋毫

读与被读

（代序）

十多年前，我以富布赖特学者身份在耶鲁大学访学，一次偶然在耶鲁学生主办的报纸《耶鲁每日新闻》（*Yale Daily News*）上看到一个醒目的短句："Read or be read!" 翻译成中文就是："读与被读！" 这句话的对象大约是新入学的学生，或像我这样首次看到这份报纸的读者，它既是广告词，也是约稿信：请你阅读我们的报纸！或者请你给我们投稿，让你的文章被大家阅读！

这句话让我心头一震：读与被读，这其实就是我们读书人每天要做的事情，这原本就是我们存在方式的全部！

读与被读是相关联的，是相辅相成的。读是被读的前提，被读往往是读的结果。世上或许有绝对的、纯粹的读者，即他始终在不懈地阅读，读到老，读到死，却从未写下一个字；但世上恐怕没有绝对的、纯粹的作者，即他一直在拼命地写作，写到老，写到死，却从来不读任何一本书。

读书的人自然就是“读书人”，但汉语里的“读书人”显然不仅指阅读者，也指写作者，甚至泛指一切与文字有关的人。“读书人”之称谓在中国历史上的大多数时期都是带有褒义的，无论是指正在埋头读书的人即学生时带有的温情，还是指已经读书成功的人即文人时带有的敬意。当然，在中国社会某些特定语境下，读书人及其称谓也可能遭遇麻烦，比如战乱时的“秀才遇见兵”，比如十年动乱时的“臭老九”，但特殊时代或特殊场景下文化人的窘境，其实又恰好凸显了文化人的特殊性，即劳心者与劳力者的分野。西方也有“书人”之称谓，如英文中的bookman和俄文中的книжник。《圣经·马太福音》第二章第四节提及的“文士”，俄文版中用的就是“книжник”，直译就是“书人”，而英文版中用的却是“scribe”，直译就是“抄书吏”。但关于读书人的一个形象比喻在中、英、俄文中都是一致的，即“书虫”（bookworm/книгоед）。一个读书人埋头于书的海洋，终日咬文嚼字，吞噬书页，读得久了，也难免变得迂腐、木讷，于是又有了“书呆子”之谓。这一意象表明，读与被读都是与书分不开的。

然而，作为读与被读之主要媒介的书本自身却一直在发生巨大变化，从甲骨、泥板、树皮和羊皮，到莎草纸、线装书和印刷书，再到手机和电子书阅读器，“书”的形式千变万化，读书的方式也随之改变，但读书这一行为本身却一如既往。阅读媒介、阅读方式的变化究竟会在多大程度上影响到一个人的阅读和写作，这还是一个有待探讨的问题，但读与被读作为人类的情感和思想表达行为恐怕永远不会消失，因为这是人类文明存续的唯一前提和一切后果。

读是一种汲取，被读是一种表达。但有的时候，读也是一种表达，因为你读什么书，如何读，这已经构成一种生活方式；有的时候，被读也是一种汲取，因为对有心的作者而言，你被什么样的人所阅读，你被如何阅读，这绝对是一些需要接受的信息，也是一个个不断的收获。

一个人读不读书，一个人喜欢不喜欢阅读，是可以从他的言谈举止中看出来的。有经验的读书人，甚至能判断出他的某位同行是读诗的人还是读小说的读者，是现实主义的读者还是现代主义、后现代主义的读者，是偏爱古籍还是偏爱外国文学作品的读者。似乎，一个人所读到的东西就像他每日三餐吸收的营养，会以各种复杂的生物学、生理学、营养学、消化学的方式作用于他的肌体，最终通过某些微妙的路径体现出来。俄国有一个说法："文字是文化的衣裳。"如果说文字也是一位写作者的衣裳，那么被读就是他的外衣，读就是他的内衣。

读与被读都是一种对话方式，一种交流手段，同时又是一种高度个性化的行为，是一种独处。政治学习时大家围坐在一起读报纸，这不是阅读，至少不是有效的阅读；儿童会聚在一起看小人书，但这种方式很少持续到他成年之后；钢琴演奏时会出现两人四手联奏，但两位读者脑袋贴着脑袋始终同步地把一本大部头书从头读到尾，却是一件难以想象的事情，即便这两位读者是夫妻或情人；现在的学术论文有多人合作，有的论文甚至会署上长长一串十几个姓名，但文学史上的经典名著却鲜有多人合写的，除了《诗经》这样的合集。

读要自己去读，一个人独自地读，写也要自己去写，一个人独自地写，读与被读于是成了世界上最孤独的事情，就像寺庙中的修行，教堂密室里的祈祷。与此同时，读与被读又是一种最渴望交流的举动，都充满对各种可能的奇遇之期待，都是跨越时间和空间的远握。世界上不存在对作者一无所求的读者，恐怕也很少有对读者无动于衷的作者。苏联时期曾有"抽屉文学"之说，一些作家深知自己的作品内容有"异端"倾向，一时难以发表，但他们依然继续写作，为抽屉而写作，激励、支撑他们写下去的动力又恰恰是这样一种信念，即他们的作品有朝一日终将面世。后来，在20世纪下半期苏联社会的宽松时期，如解冻时期、改革时期，这些作品果然纷纷浮出水面，有些还成了20世纪俄语文学中的杰作，如帕斯捷尔纳克的《日瓦戈医生》、格罗斯曼的《生活与命运》、阿赫马托娃的《安魂曲》、索尔仁尼琴的《古拉格群岛》等。俄国诗人曼德尔施塔姆曾将写作行为等同于向茫茫大海投掷漂流瓶，因为，“理想的读者只存在于后代”。读者和作者之间的非对称关系，非共时性关系，构成了读与被读之间一种强大的张力。

多年前，一本翻译过来的理论书很走红，书名叫《语言的牢笼》，作者是美国的后现代主义理论家詹姆逊。詹姆逊在耶鲁大学获得硕士、博士学位，后在哈佛大学、加利福尼亚大学、耶鲁大学、杜克大学任教。1985年，他应邀来北京大学做系列讲座，在北大校园内外引起轰动，相当于在中国“科普”了后现代主义理论。十几年后他再度来华，在华东师范大学讲学，所受到的关注已无法与当年相比，似乎，他传播到中国的后现代解构意识已在中国得到了心领神会的接受。不过，詹姆逊毕竟是一位在中国很有影响的西方文论家，中国人民大学出版社曾推出由王逢振先生主编的洋洋十四卷的《詹姆逊文集》。詹姆逊是一位很会写书的理论家，至少很会为他的理论著作取名，他几本著作的书名都很别致，如《时间的种子》《政治无意识》《黑格尔的变奏》《侵略的寓言》等，但他给人留下最深印象的似乎还是1972年出版的《语言的牢笼》一书。这其实是一本研究结构主义和俄国形式主义的相当枯燥的理论著作，但书名本身，即*The Prison-House of Language*，却构成一个绝佳的隐喻，这让我们意识到：语言是牢笼，你所掌握的语言原本是你与世界交往的工具，可是在你掌握了一门语言之后，这门语言却反过来构成一种限制和束缚，把你死死地关在里面。读与被读都是语言行为，因此都与语言的牢笼不无干系，如果说，阅读是在主动地为自己营造一座舒适的牢笼，那么写作就是一种试图打破这座自我牢笼的不懈尝试。所谓"阅读圈"，是读者的画地为牢，但也是读者为自己构建的一片自由思想的天地；所谓"影响力"，是作者的自我放大，但也是作者为自己构建的一座自我重复的透明宫殿。读与被读，都既是自我空间的营造，也是对这一空间的突破，与这一空间的抗争。读与被读，因此也就成了世界上最为自由的行为，至少是最富有自由精神的行为。

20世纪40年代，纳博科夫先后在美国的韦尔斯利学院和康奈尔大学为学生开设文学名著选读课，他的一次导论课讲稿后以《好的读者和好的作者》（*Good Readers and Good Writers*）为题发表。在这堂课上，他向他的学生们传授了这样三个阅读秘诀：

首先，在阅读时要留意并把玩细节。纳博科夫所用的“把玩”（fondle）一词在英语中还有“爱抚”“抚摸”“抚弄”等意，常用来表示人的一种“爱不释手”的状态，比如抚摸情人、摩挲古玩、把玩宠物等。读书就是读书中的细节，而不应带有先入为主的思想，不该抱有了解世界的愿望。纳博科夫还提及他在一所偏远的学院开讲座时给听众们出过一份测试题，他列出“好的读者”必备条件的十个选项，让学生们从中选出必备的四项。这十个选项是：

1. 参加一家读书俱乐部。

2. 认同作品的主人公。

3. 关注某一社会经济角度。

4. 推崇有情节、有对话的故事。

5. 观看根据此书改编的电影。

6. 做一个初学写作者。

7. 有想象力。

8. 有记忆力。

9. 有一本字典。

10. 有一定的艺术感。

纳博科夫给学生们揭晓的答案是：必须具备的条件是最后四项，其他都无关紧要。同时具备这四项条件的读者，就是纳博科夫心目中的“好的读者”。这个标准其实是很高的，一本字典不难拥有，但同时具有“想象力”“记忆力”和“一定的艺术感”的读者可能就不太多了。

其次，他认为阅读必然是重读，必须是反复阅读：“一位好的读者，一位大读者，一位积极的、富有创造力的读者，就是一位重读者。”所谓“重读者”（rereader），就是一遍又一遍阅读的人。一个人不可能一生只读一本书，也不可能一生只读一次书，因此，重读必定是一种普遍存在的现象，但纳博科夫此处所言的重读，既可能指读者对某一本书的反复阅读，也可能指读者阅读行为的一次次重复，更可能指读者在阅读过程中的创造性，即一次又一次地回味阅读体验。读书不似看画，无法一览无余，需要读者自身的想象建构，“在我们第二遍、第三遍、第四遍阅读的时候，我们对一本书的态度就近似看画了”。在这个时候，读者就很接近作者了，读与被读的距离就开始缩小了。

最后，“一位读者应该具有或发展的最佳气质，就是艺术气质和科学气质的结合”。过于冲动的艺术气质会使读者在对待一本书时过于主观，只能用科学的冷静判断来冲淡火热的直觉，如果一个读者既无艺术家的激情，又无科学家的韧性，那么他是很难享受伟大的文学的。也就是说，好的读者既要冲动，又要冷静，既要天马行空，又要明察秋毫。

说到好的作家，纳博科夫认为他就是那个大喊“狼来了”而身后并没有跟着一只狼的男孩。文学就是发明。文学就是虚构。文学就是那个骗人男孩的幻觉。一位大作家是集三种身份于一体的人，即讲故事的人（storyteller）、教师（teacher）和魔法师（enchanter）：讲故事的人带来娱乐和精神上的兴奋，教师给那些未必高明的读者带来道德教育和直接知识，而“伟大的作家永远是伟大的魔法师”。

纳博科夫的这次讲座是以这样一段话结束的：

> 一位大作家的这三个方面，即魔力、故事和教益，往往会合成为一种统一、独特的华彩印象，因为艺术的魔力可以存在于故事的骨骼中，思想的精髓里。有些杰作具有风格平实、条理清晰的思想，但它们在我们身上激起的强烈的艺术冲动并不亚于《曼斯菲尔德庄园》或狄更斯富有感性意象的任何一道丰沛水流。我认为，就长远来看，衡量一部小说之质量的最好公式，即诗的精确和科学的直觉之合成。为了能沐浴魔力，一位聪明的读者在阅读一部天才之作时，不是用他的心在读，也不完全是用他的大脑在读，而是用他的脊椎去读。

1988年5月，刚刚获得诺贝尔文学奖不久的布罗茨基在意大利都灵图书博览会开幕式上做了一次演讲，题目就是《怎样阅读一本书》（*How to Read a Book*）。他一开始就抱怨，书比作者更长寿，“甚至连那些糟糕的书籍也能比它们的作者活得更长”，这主要是因为它们比作者占据着更小的物理空间，在作者本人早已变成一把尘土之后，他的书还常常披着尘土站在书架上，而这又恰恰构成了促使一个人拿起笔来写作的动机。一个作家要想写出一本好书，他就必须阅读大量不好的书，否则他就难以获得必需的标准。（俄国作家巴别尔也说过相近的话：“人一生其实并不需要读太多的书，读上七八本好书就足够了，但在读到、读懂这七八本好书之前，你又不得不阅读成千上万的书。”）一位读者要想读到一本好书，则必须培养起良好的阅读趣味，而这可是一件艰难的事情：

> 无论如何，你都会发现自己正漂浮在那海洋上，四面八方都有书页在沙沙作响，你紧抓着一只你对其浮力并不太信赖的木筏。因此，一个可供选择的方案就是去发展你自己的趣味，去构造你自己的罗盘，去使你自己熟悉那些特定的星星和星座，它们无论暗淡还是明亮，却总是遥远的。然而这需要大量时间，你会轻易地发现自己年岁已老，头发花白，腋下夹着一本糟糕的书正向出口走去。

于是，布罗茨基直接给出了他的答案："培养良好文学趣味的方式就是阅读诗歌。"他还为大家描绘了这样一幅"漫画"：一位读者两手都捧着翻开的书，左手上是一本诗集，右手上则是一部小说，他会首先放下哪一本书呢？十有八九是小说，因为他左手上的书比右手上的书更轻。

像纳博科夫一样，布罗茨基后来也离开祖国俄国来到美国，在美国的大学里讲授文学课；像纳博科夫一样，他也不懈地向学生灌输个性化阅读的重要性，把读与被读视为确立个人存在意义的唯一方式。他的朋友、美国达特默斯学院教授列夫·洛谢夫在其所著《布罗茨基传》中写到布罗茨基当年的授课场景，并归纳道："诗人在向学生们解释这些东西时，首先获益的却是他自己。"布罗茨基当年的一位学生后来也回忆说："布罗茨基把我们这些学生领进战场，可是他却不打算代替我们作战。"

读与被读，说到底还是自己个人的事情。

阅读是功利性的，中国人对此有许多露骨的表达："万般皆下品，唯有读书高。""书中自有黄金屋。"当然，这里的"读书"主要指的是接受教育，为仕途做好准备。还有另一种功利目的，即所谓修身养性，更注重自我的精神需求，如果说"黄金屋"是一种物质欲望的象征，那么，阅读的精神功利性则表现为试图在自己内心构筑“象牙塔”或“乌托邦”的隐秘愿望。与阅读相比，被读的功利性显然更强，或为了物质利益，如畅销书作者，或意在青史留名，如发愤著书的司马迁，或试图教谕世人，如晚年的托尔斯泰，完全没有任何目的的写作行为是不多见的。就行为的目的性而言，写作远胜过阅读，因此，阅读可以是主动选择的结果，而写作反而成了一种被迫，就这一意义而言，被读较之于阅读，作者较之于读者，也未必具有多少天然的优势或优越性。

广义的阅读无处不在，一切能被眼睛看到的东西，包括文字在内的任何符号，都是阅读对象，阅读甚至超出目光所及，比如盲文，比如黑暗中的歌声，比如梦中的场景，如此看来，阅读其实就是身体的所有感觉器官对一切信息源的接受；另一方面，我们通常所言的阅读又是十分具体的，多指对文字的阅读，对文学作品的阅读，对经典的阅读，读《成功学》《炒股大全》《减肥秘诀》《操作指南》等似乎都算不得阅读，如此看来，读与被读，在很大程度上是指具有文学性文字的读与被读，指文学作品的读与被读，尤其指文学名著的读与被读。每一民族文学中的名著都是该民族文学历史发展过程的自然积淀，是该民族的文学想象力和艺术智慧之结晶，往往代表着这个民族的文明水准和审美传统，就这一意义而言，文学名著的价值和历史地位是绝对的；与此同时，文学名著又往往是后天的，是追认的，是一代又一代读者和作者沙里淘金的结果，因此它又是相对的。一个没有文学名著的民族就难以被称为高度文明的民族，一个没有举世公认的文学名著的民族就难以引起世界其他民族的文化尊重。对于本民族的后代读者而言，名著具有巨大的文化塑造意义，一代又一代后人的世界观、生活观和美学观，往往就是在阅读本民族文学名著的过程中形成的，发展的。文学名著的地位可能是有起伏的，有些名著的地位可能会随着历史和社会语境的变化而变化，焚书坑儒就是一个极端的例子，相反的例子也有，即那些被埋没的名著会在特定的历史时期重新浮出水面，成为新的经典。

名著的历史命运取决于特定的时代，也取决于它的每一个读者，每一位接受者，在接受美学理论兴起之后，人们才普遍意识到名著的这一属性，即它也是某种民主意识或集体无意识的产物。1967年，德国学者姚斯在他的《文学史作为文学科学的挑战》一文中提出了接受美学的基本观点，即文学作品的教育功能和娱乐功能只能在读者的阅读中实现，而实现的过程就是作品获得生命力的过程，就是作品功能的最后实现。读者是作品接受过程中的主动角色，是推动文学创作的动力；文学的接受活动不仅受作品性质的制约，也受读者素质的制约。也就是说，作者完成一本书，这并不意味着作者创作过程的结束，只有当它被读者阅读之后，这部作品才完成一个完整的生命历程。从作者到文本，再从文本到读者，这才是一部作品完整的接受过程。读与被读，从此被视为一个有机的整体，一个完整的过程，在这个理论提出之后，读者的地位空前提高，几乎与作者平起平坐了。因为，“有一千个读者，就有一千个哈姆雷特”，莎士比亚的每一位读者都可以成为部分的莎士比亚！读者也是作者，是部分的作者，是作者的延续和补充，是作者之后的作者。读者和作者之间的关系，读与被读之间的区别由此变得模糊起来，甚或合二为一了。

很多大作家都曾言及阅读的温馨和温暖。托尔斯泰说：“读一本好书，就像与智者的一次交谈。读者可以从书中获得关于现实的知识和概括，以及理解生活的能力。”笛卡尔说：“阅读一本好书就像是与过去年代最智慧的人物交谈。”然而，读与被读也是一场场残酷的竞赛。这是读者与作者的竞争，阅读一本书，就是在与它的作者进行智慧的较量。读者读了一半就扔下了书，表明这场竞争有了输赢，或是读者主动认输，即读不懂，无力继续与作者对话，或是读者看穿了作者的老底，不屑于再与他为伍；读者在读了之后一遍遍重读，则表明读者和作者的较量是一场马拉松，读者试图在某一次长跑中接近作者，甚至超越作者。阅读，也是读者与读者的竞争，大家阅读同一本书，却总有不同的收获，这就是阅读竞争分出的胜负，更何况，对不同的阅读对象的选择，以什么样的方式阅读，不同读者之间的高下也会立马显现出来，因为阅读作为一个从“编码”（encode）到“解码”（decode）的过程，就是一场智力游戏，是猜谜，是博弈，是智者与智者的对话。而作者和作者之间的竞争更是你死我活的，既生瑜何生亮，一个天才的出现就意味着其他众多潜在天才的夭折。俄国形式主义理论家什克洛夫斯基写过一本书，名叫《汉堡排名》，他借用一个传说，说汉堡的拳击手们每年都要举行一次内部比赛，在放下窗帘的密室里通过比武排好座次，在接下来的一年内大家都会遵循这个结果，他认为，作家们之间的竞争也是这种行业竞争之结果，是内行之间的比试。为了被读，被更多地阅读，作者们是需要使出浑身解数的。

拉丁文中有这样一句谚语：“要提防那只读一本书的人。”只读一本书的人可怕，可能因为他读得少，没有知识，因而粗鲁蛮横，也可能因为他读得专心，读得执着，因而令人生畏。

阅读应该是一件幸福的事情。犹太人家为了培养孩子的阅读兴趣，会在孩子稍微懂事的时候在经书上滴几滴蜂蜜，然后让孩子去舔一舔。这种仪式的含义不言而喻：书是甜的。当然，书也可能不甜，也可能是苦涩的，可能是五味俱全的，更有像鸦片一样诱人的书，像酒一样醉人的书，像药一样苦口的书，世上有多少种滋味，就有多少种味道的书；有多少种味道的书，也就有多少种读书的人，也就有多少种写书的人。

然而，读与被读又毕竟是一种向善的事业。布罗茨基在获诺贝尔文学奖的演说中指出："我认为，与一个没读过狄更斯的人相比，一个读过狄更斯的人更难因为任何一种思想学说而向自己的同类开枪。我谈的正是对狄更斯、司汤达、陀思妥耶夫斯基、福楼拜、巴尔扎克、麦尔维尔等人的阅读，也就是对文学的阅读。"阅读可以使人成为有感情的人，成为善良的人，读与被读，都是人类最广义的善举。

读与被读都是一个自我塑造过程。对一本书的阅读可能会决定一个人的一生，读者爱上的每一本书，往往就是他人生路上的一座路标。读什么样的书，就会成为什么样的人；与之相似，写什么样的书，就会暴露出作者是什么样的人。文如其人，书如其人，你写出了一本书，你也就完整地把自己展示给了所有人。读与被读在这一点上是相似的，即两者都是在寻求自我，形成自我。

阅读是一件奢侈的事情。俄国作家罗扎诺夫在他的《落叶集》中写道："书应该是昂贵的。"相比物质食粮，我们的精神食粮无疑是便宜的，一个人一生买书的钱肯定少于他用于维持物质生活的开销。索尔仁尼琴曾在一篇散文中写道：很多人都会在清晨花上半小时或更长的时间健身，却很少有人每天花几分钟的时间健脑，也就是阅读和思考。读与被读都是时间的产物，也是时间的消耗，生命的消耗。人的生命有长有短，人们用于读与被读的时间则差异更大，读与被读在人的生命总量中所占的比重，往往就决定着一个人生命的品质，至少决定着他精神生活的品质。

语言能力和使用工具的能力，曾被作为区分人类和其他动物的主要依据，可是生物学家后来发现，许多灵长类动物都有使用甚至制造工具的能力，也有它们独特的语言。如此一来，读与被读，至少是文学意义上的读与被读，可能就是人类有别于其他动物的主要特征了。

俄国诗人叶夫图申科在20世纪80年代访华，他听说了一个个关于中国翻译家在最艰难的时刻依然坚持翻译的故事后十分感动，写下《中国翻译家》一诗，他在诗的结尾写道："要为无名的翻译家/建立起一座纪念碑，/那最为可敬的基座/就由无数的译著垒成！"

一个读者身后墓碑的高度，应该就是他读过的书摞起来所形成的高度；一个作者身后墓碑的高度，应该就是他写出的书摞起来所形成的高度；一个文人身后墓碑的高度，应该就是他读过的、写出的书加在一起所垒成的高度。我们经常称赞某人“著作等身”，却很少称赞某人“读过的书等身”，“读万卷书”似乎才是一件可以夸耀的事情。需要读多少书才能写出一本被读的书来呢？读过的书和被读的书之间会构成怎样的比例呢？这肯定是因人而异的，但这两摞书之间的高低差异也肯定是巨大的，这两者间的比例也会在一定程度上折射出一位文人的读写习惯和存在方式。

读与被读是一件与生俱来的事情，你吸入的第一口气就是读，你呼出的第一口气就是被读；读与被读是一桩相伴终身的事业，你吸入的最后一口气就是读，你呼出的最后一口气就是被读。

目　录

荷马的悲悯

西方文学有两个源头，一是《圣经》，一是《荷马史诗》。与《圣经》相比，《荷马史诗》的文学性更强一些，因为它原本就不是宗教典籍，而是史诗，是文学作品，但是和《圣经》一样，《荷马史诗》中的故事情节、人物形象乃至修辞手法，都已成为西方历代文人引经据典的对象，普通百姓茶余饭后的谈资。如果说，《圣经》之于西方人大致相当于“四书”之于中国人，那么《荷马史诗》就大致相当于我们的《诗经》。

所谓“荷马史诗”，在西方语言中大多会用复数形式表达，因为它指两部史诗，即《伊利亚特》（又译《伊利昂纪》）和《奥德赛》（又译《奥德修纪》）。《诗经》和《荷马史诗》这两座矗立于东西方文学源头的纪念碑，其产生的时间竟然大致相同，均在公元前11世纪—前6世纪之间，距今已有约3000年之久！这两部作品的形成过程也基本一样，都是民歌的集成，是漫长时间里民间文学智慧的结晶，然后由两位文化伟人编成，《荷马史诗》据传为荷马所编，一如《诗经》据传为孔子所编。但是，如果说《诗经》主要是对劳动和爱情的歌咏，对祖先和神灵的颂扬，是思无邪，是风雅颂，那么《荷马史诗》却主要是对战争的直接描述，对英雄的复仇和战功的记录，是打砸抢，是血和泪。

孔子是真实的历史人物，其生平传记几乎为每一个中国人所熟知，可荷马的身世却很可疑，只是一位“传说中的诗人”，他的生卒年月均不可考，其出生地也无法确定，以至于直到今天，希腊还有七座城市都声称是荷马的故乡。目前尚无任何确切证据能够证明荷马的真实存在，有人认为他是一个虚构出来的人物，但《荷马史诗》确确实实的存在却反过来证明它必然是有作者的，无论其作者是一位编纂者还是创作者，无论其作者是一人还是多人；也许正因为人们对于荷马的了解过于贫乏，才把他说成是一个瞎子（据说“荷马”一词的原意可能就是“盲人”）。关于荷马的种种疑问构成西方文学中著名的“荷马问题”：作为一位诗人的荷马究竟是否存在？《荷马史诗》究竟是否出于荷马之手？可是，“荷马问题”尚未解决，荷马所处的时代，或者说荷马所描写的时代，却早已被历史学家正式命名为“荷马时代”，也就是说，人们用一部存在的作品反证了其作者的存在，又用一部文学作品的存疑作者命名了一个实在的历史时期。

关于荷马与《荷马史诗》的关系，如今有三种不同意见，即“短歌说”“核心说”“唯一说”。“短歌说”认为两部史诗是数世纪间流传的众多短歌之合成；“核心说”认为两部史诗由众多诗人加工而成，荷马是他们中的核心；最后一种意见认为，荷马是两部史诗的唯一作者。第一种意见令我们生疑，因为两部《荷马史诗》的篇幅如此巨大，均有一万余行，其结构如此匀称，均为24卷，更不用说其中严谨的格律、引人入胜的情节和贯通的主题思想，所有这些自然不可能是自然组合或简单拼凑之结果；至于第二、第三种看法，其实并无区别，无论是荷马领衔编纂还是荷马独自书写，荷马无疑都是这两部史诗的真正作者。

我们感觉到荷马的存在，更是因为我们在《荷马史诗》中读到了荷马的悲悯，读到了一位诗人的真情实感。通篇仅描写战争、复仇和杀戮的作品是历史，而写到了痛苦、悲伤和怜悯的文字才是文学。《荷马史诗》中那些流露出恻隐之心、表达了道德判断、宣示着人类情感的段落，才最终使我们意识到一个具体的诗人之存在，一个具有个人感情的作者之存在，也就是说，意识到了作为史诗作者的荷马之存在，无论他的名字是否真的叫荷马。

两部《荷马史诗》的标题，一部叫《伊利亚特》，字面意思是“伊利昂之歌”，而伊利昂是古希腊城邦特洛伊的别称；一部叫《奥德赛》，字面意思是“奥德修斯的旅程”。《伊利亚特》以古希腊历史中著名的特洛伊战争为描写对象。特洛伊战争发生在公元前12世纪初，历时十年。特洛伊战争作为一个真实的历史事件，其爆发肯定有深刻的政治、经济、军事等方面原因，是迈锡尼王国与小亚细亚西北沿海城邦为争夺海上航道乃至海上霸权而展开的搏战，但包括《荷马史诗》在内的许多古希腊、古罗马文学作品，如索福克勒斯和欧里庇得斯的悲剧，维吉尔和奥维德的诗作，却都将战争的原因归到一个女人身上。

关于这场战争的缘起，有这样一个神话、历史和文学相互叠加的传说。众神出席一场婚礼，纷争女神厄里斯未被邀请，心怀不满的她便在现场丢下一只金苹果，上面写着一行字：“给天下最美的女人。”天下有三个女人都认为自己最美：一是天后赫拉，二是智慧女神雅典娜，三是爱神阿芙洛狄忒。天神宙斯不愿亲自做出裁决，便让特洛伊王子帕里斯做判断，三位女神分别对帕里斯许以权力、武功和美女，帕里斯选择了美女，认为爱神最美。爱神阿芙洛狄忒实践诺言，指引王子来到斯巴达，勾引走希腊最美的女人海伦，斯巴达国王之兄阿伽门农因此组织起希腊联军攻打特洛伊城，特洛伊战争由此爆发。值得一提的是，在19世纪中后期，考古学家在与雅典城隔爱琴海相望的土耳其境内的希沙立克山区成功地发掘出特洛伊城旧址，从而也间接地佐证了特洛伊战争的历史真实性。

两部与特洛伊战争有关的《荷马史诗》，一部直接描写战争，写英雄的勇敢和愤怒；一部叙述参战将领战后的归家，写英雄的计谋和执着。《伊利亚特》重点描写特洛伊战争第十年中约50天内发生的故事，其结构中心是阿基琉斯的“两次愤怒”。《伊利亚特》开篇的第一句就是：“女神啊，请歌唱佩琉斯之子阿基琉斯的/致命的愤怒。”战争进行了九年多，但交战双方依然相持不下。希腊联军统帅阿伽门农和手下将领阿基琉斯因为一个女俘布里塞伊斯起了纷争，阿基琉斯愤而退出战场。他的退出导致希腊方面连连失败，情况危急。阿基琉斯的好友帕特罗克洛斯穿上阿基琉斯的盔甲冲上战场，挽救了希腊军队，自己却被特洛伊统帅赫克托尔杀死。阿基琉斯因此再次愤怒，重返战场为好友报仇，最终杀死赫克托尔。赫克托尔的父亲、特洛伊老国王普里阿摩斯面见阿基琉斯，希望后者能归还儿子的遗体。阿基琉斯被打动，将遗体交还老国王，全诗在赫克托尔的盛大葬礼中结束。

这部史诗充斥着战争的残忍和杀戮的血腥，但作品中却也不无温情的片段，其中两段描写尤为动人：

其一是特洛伊英雄赫克托尔临上战场前与妻儿在城门前的诀别（《伊利亚特》第六卷）。赫克托尔正要走出城门，他的妻子安德罗马克慌慌张张地跑来，“安德罗马克迎住丈夫，一同来的是女仆，/她怀中抱着那娇嫩的孩子，一个奶娃，/是赫克托尔的宠儿，像一颗晶莹的星星”。“赫克托尔默默地望着这个孩子笑一笑，/安德罗马克却在他身边泪流不止，/她把手放在他手里，唤他的名字对他说：/‘不幸的人啊，你的勇武会害了你，/你也不可怜你的婴儿和将做寡妇的/苦命的我，因为阿开奥斯人很快/会一齐向你进攻，杀死你。我失去了你，/不如下到坟土；你一旦遭了厄运，/我就得不到一点安慰，只剩下痛苦。’”但赫克托尔表示，他去杀敌是义不容辞，“但愿我在听见你被俘呼救的声音以前，/早已被人杀死，葬身于一堆黄土”。接下来，荷马写出了这场道别中最感人的片段：

　显赫的赫克托尔这样说，把手伸向孩子，
孩子惊呼，躲进腰带束得很好的
保姆的怀抱，他怕看父亲的威武形象，
害怕那顶铜帽和插着马鬃的头盔，
看见那鬃毛在盔顶可畏地摇动的时候。
他的父亲和尊贵的母亲莞尔而笑，

那显赫的赫克托尔立刻从头上脱下帽盔，
放在地上，那盔顶依然闪闪发亮。
他亲吻亲爱的儿子，抱着他往上抛一抛，
然后向着宙斯和其他的神明祷告：
“宙斯啊，众神啊，让我的孩子和我一样
在全体特洛亚人当中名声显赫，
孔武有力，成为伊利昂的强大君主。
日后他从战斗中回来，有人会说：
‘他比父亲强得多。’愿他杀死敌人，
带回血淋淋的战利品，讨母亲心里欢欣。”

　他这样说，把孩子递到妻子手里，
她把孩子接过来，搂在馨香的怀里，
含泪惨笑。丈夫看见，觉得可怜，
用手摸抚她，呼唤她的名字，对她说……（罗念生、王焕生译文）

在最应该描写哭泣和泪水的地方，荷马却写到了赫克托尔默默看着孩子时的“笑一笑”，写到了父母看到孩子害怕父亲时的“莞尔而笑”，写到了妻子的“含泪惨笑”。荷马详细描写幼小的儿子惧怕父亲“威武形象”的这一细节，看似淡化这场

赫克托尔与妻儿告别

博那凡图拉·吉纳里　绘

（Bonaventura Genelli，1798—1868）

生死诀别的悲剧感，实则强化了赫克托尔的英雄柔情，与此同时也流露出了荷马本人的悲悯之情。

其二是阿基琉斯允许普里阿摩斯领回他儿子赫克托尔的遗体（《伊利亚特》第二十四卷）。阿基琉斯是《伊利亚特》中的一号男主角，如前所述，这部史诗就是围绕他的“两次愤怒”展开叙事的。阿基琉斯是海洋女神忒提斯和凡人英雄佩琉斯所生的儿子，在他出生后，母亲忒提斯握着他的脚踵将他浸入冥河，使他全身刀枪不入，唯独未能蘸上冥河水的脚踵是弱点，阿基琉斯后来也正是因为被人击中脚踵而死去。在西方语言中，“阿基琉斯之踵”（Achilles' heel）成为一个熟语，特指人的弱点或致命之处。阿基琉斯武艺高强，杀人如麻，他为朋友帕特罗克洛斯复仇，在战场上杀死赫克托尔，之后将后者的尸体绑在战车后，拖尸绕着帕特罗克洛斯的坟墓跑了三圈，侮辱敌人，炫耀胜利。赫克托尔年迈的父亲、特洛伊城的老国王普里阿摩斯失去爱子后心如刀绞，他在神的授意下带上财宝，与一个年老的传令官一同潜入敌营，当面请求杀死他儿子的凶手阿基琉斯归还爱子遗体。“他站在阿基琉斯面前，抱住他的膝头，/亲那双使他的许多儿子丧命的杀人的手。”普里阿摩斯向阿基琉斯恳求道：“神样的阿基琉斯，想想你的父亲，/他和我一般年纪，已到达垂危的暮日，/四面的居民可能折磨他，没有人保护，/使他免遭祸害与毁灭。但是他听说/你还活在世上，心里一定很高兴，/一天天盼望能看见儿子从特洛亚回去。”普里阿摩斯说他有50个儿子，杰出者中仅剩下的一个现在又被阿基琉斯杀死，“阿基琉斯，你要敬畏神明，怜悯我，/想想你的父亲，我比他更是可怜，/忍受了世上的凡人没有忍受过的痛苦，/把杀死我的儿子们的人的手举向唇边”。

> 他这样说，使阿基琉斯想哀悼他父亲，
> 他碰到老人的手，把他轻轻地推开。
> 他们两人都怀念亲人，普里阿摩斯
> 在阿基琉斯脚前哭他的杀敌的赫克托尔，
> 阿基琉斯则哭他父亲，一会儿又哭
> 帕特罗克洛斯，他们的哭声响彻房屋。
> 在神样的阿基琉斯哭够，啼泣的欲望
> 从他的心里和身上完全消退以后，
> 他立刻从椅子上跳起，把老人搀扶起来，
> 怜悯他的灰白头发、灰白胡须，
> 向他说出一些有翼飞翔的话语……（罗念生、王焕生译文）

没想到，铁石心肠的阿基琉斯居然被老人的话所打动；没想到，遇害者的父亲与杀害他儿子的凶手居然共同发出了“响

彻房屋”的哭声。阿基琉斯不仅答应老人的请求，归还赫克托尔的遗体，还答应休战11天，以便特洛伊人举行盛大的葬礼。荷马在《伊利亚特》的结尾展示出阿基琉斯的恻隐之心，揭示了阿基琉斯这个人物自身的复杂性和丰富性，为了让阿基琉斯的性格突转不显得过于突兀，荷马从神灵处借力，说普里阿摩斯和阿基琉斯两人都不断地获得神的授意，但我们更愿意把这些神的授意理解为荷马的特别用意。

如果说《伊利亚特》是对特洛伊战争的正面描述，是复仇之歌，那么，《奥德赛》则是对特洛伊战争之后英雄归家旅程的叙事，是乡愁之歌。《奥德赛》的最初十行便给出了整部史诗的叙事线索：“请为我叙说，缪斯啊，那位机敏的英雄，/在摧毁特洛亚的神圣城堡后又到处漂泊，/见识过不少种族的城邦和他们的思想；/他在广阔的大海上身受无数的苦难，/为保全自己的性命，使同伴们返家园。/但他费尽了辛劳，终未能救得同伴，/只因为他们亵渎神明，为自己招灾祸：/一群愚蠢人，拿高照的赫利奥斯的牛群/饱餐，神明剥夺了他们归返的时光。/女神，宙斯的女儿，请随意为我们述说。”

《奥德赛》延续《伊利亚特》的故事情节，写希腊联军中的英雄之一奥德修斯在战后返回家乡的曲折过程。奥德修斯足智多谋，最终促使特洛伊战争结束的木马计就是奥德修斯想出的计谋。但是没想到，这位勇士的战后归家路却十分漫长险峻，他走了十年，其间经历万般磨难，如西天取经的唐僧师徒一般。《奥德赛》的叙事分为两条线索进行：一是奥德修斯出征后在他的王国伊塔卡发生的事情，众多求婚者觊觎奥德修斯的妻子佩涅洛佩和奥德修斯的王位，终日在宫殿里吃喝玩乐，忠贞的佩涅洛佩想尽各种办法推托拖延，计谋之一就是答应在为她公公织完寿衣用布后就嫁给求婚者中的某一个，但她白天织布，夜里偷偷拆掉，所谓“佩涅洛佩的织布”（Penelope's web）也就成了永远做不完的事情的代名词。奥德修斯和佩涅洛佩的儿子特勒马科斯渐渐长大，他接受女神雅典娜的神谕，出门踏上寻父的历程。二是奥德修斯的海上漂泊，他和他的伙伴经历各种危险和诱惑，在忘忧岛被忘忧花迷惑，在巨人岛用橄榄木尖桩刺死独眼巨人，在风神岛被装满逆风的口袋吹回原地，在食人岛失去12艘战船中的11艘，在魔女岛躲过被变成猪的危险，在冥府见到死去的母亲、阿伽门农、阿基琉斯等人，在妖鸟岛凭借巧妙的方法战胜仙女歌声的诱惑，在与海神怪斯库拉的搏斗中失去六个同伴，最后在日神岛因为宰食神牛激怒宙斯而船沉人亡，只剩下奥德修斯孤身一人。但是，奥德修斯最终得以返回家乡伊塔卡，并与儿子一起经过精心筹备，用计谋杀死了他家中的那些求婚者。

在《奥德赛》中，最动人的场景就是奥德修斯的“两次拒绝”和“五次相认”。

在妖鸟岛，奥德修斯和同船武士将遭遇半人半鸟的仙女塞壬的诱惑，她们优美动听的歌声会让每一个航海者欲罢不能，流连忘返，一直听下去，直到变成腐烂的尸体。奥德修斯接受神谕，在路过妖鸟岛时用蜡封住其他船员的耳朵，然后让船员们把他绑在高高的桅杆上。塞壬们的歌声果然动听，奥德修斯高声命令船员们为他松绑，可耳朵被堵的船员们径自划船，他们终于顺利驶过那片诱惑的海域。这一理智战胜诱惑的情节后来打动了许多人，是《奥德赛》中被画家们描绘最多的场景之一。这是理智对于情感的胜利，使命对于诱惑的胜利，但荷马的写法却能让我们感觉到奥德修斯和凡人一样柔软的心灵。

比起对塞壬们的歌声的拒绝，奥德修斯对女神卡吕普索的拒绝更为艰难。卡吕普索是“神女中的女神”，她居住的奥古吉埃岛是一座伊甸园，一个理想国，那里山川秀美，生活安宁。奥德修斯在经历了所有磨难之后流落到这里，受到卡吕普索款待，两人同床共枕，不知不觉度过了七年。奥德修斯的十年归途，居然有七年是在温柔乡中度过的。这是七年的温情陪伴，也是延续了七年的漫长拒绝，奥德修斯拒绝了比妻子佩涅洛佩还要漂亮的女神，拒绝了长生不老的神仙生活，执意返回人间王国伊塔卡，这当然是出于他对自己肩负的责任和义务的坚守，也可能是在担忧乌托邦式的田园生活会消解人的意志，

奥德修斯对抗塞壬的诱惑

古希腊瓶画

剥夺自我实现的自由，但荷马给出的更为直接、合理的原因，还是奥德修斯对妻儿的思念，对故土的依恋。在这样的情节铺垫之下，奥德修斯的五次相认便顺理成章了。

奥德修斯和儿子特勒马科斯的父子相认发生在《奥德赛》的第十六卷，这也是全书的结构中心，两条线索在此处相接，形成一个拱顶。装扮成乞丐的奥德修斯在雅典娜的授意下变回真身，儿子见状大惊，以为他看到的是一位神明，奥德修斯回答说："我并非神祇，你怎么视我为不死的神明？/我就是你的父亲，你为他心中忧伤，/忍受过许多痛苦，遭受过各种欺凌。"

　奥德修斯说完坐下，特勒马科斯
紧紧拥抱高贵的父亲，泪水流淌。
父子俩心潮激荡，都想放声痛哭。
他们大声哭泣，情感激动胜飞禽，
有如海鹰或弯爪的秃鹫，它们的子女
羽毛未丰满，便被乡间农人捉去，
父子俩也这样哭泣，泪水顺眉流淌。
他们准会直哭到太阳的光线西沉，
若不是特勒马科斯开言对父亲这样说……（王焕生译文）

在父子相认之后，还有两个动人的相认场景：一是奥德修斯当年养的爱犬阿尔戈斯认出了主人（《奥德赛》第十七卷）。奥德修斯离家后征战十年，归途又走了十年，一条狗往往很难活过20年，荷马说这条狗已奄奄一息，“它也无人照管”，“遍体生满虫虱”，“躺卧于堆积在院门外的一大堆秽土上”，可是当它一眼认出主人后，“便不断摆动尾巴，垂下两只耳朵，/只是无力走到自己主人的身边，/奥德修斯见此情景，转身擦去眼泪”，随后，“阿尔戈斯立即被黑色的死亡带走，/在时隔二十年，重见奥德修斯之后”。二是奥德修斯在洗脚时被奶妈认出（《奥德赛》第十九卷）。为了迷惑那些求婚者，同时也为了试探家人，奥德修斯回到家中后继续装扮成乞丐，除了知情的儿子和忠诚的仆人、牧猪奴欧迈奥斯之外无人识破他。善良的佩涅洛佩吩咐奥德修斯少时的奶妈欧律克勒娅给客人洗脚，奶妈在给奥德修斯洗脚时，突然发现他脚上早年被野猪咬伤后留下的伤疤：

> 老女仆伸开双手，手掌抓着那伤疤，
> 她细心触摸认出了它，松开了那只脚。
> 那只脚掉进盆里，铜盆发出声响，
> 水盆倾斜，洗脚水立即涌流地面。
> 老女仆悲喜交集于心灵，两只眼睛

充盈泪水，心头充满热切的话语。

她抚摸奥德修斯的下颌，对他这样说：

“原来你就是奥德修斯，亲爱的孩子。

我却未认出，直到我接触你主人的身体。”（王焕生译文）

在这之后，在奥德修斯和儿子一起运用计谋杀死所有的求婚者并残忍地处罚了那些背叛他的家奴之后，荷马才写到作为整部作品之结局的两次相认，即奥德修斯与妻子和父亲的相认。佩涅洛佩最终确定了奥德修斯的身份，是因为有一个标记只他俩知道而他人不知情，亦即他俩的婚床系用一根无法移动的树桩打造而成；他与父亲拉埃尔特斯的相认，依然凭借脚上的伤疤。

奥德修斯对求婚者和家奴的杀戮是血腥的，为了使他的复仇之举显得正义，荷马事先做了很多铺垫，比如说这些求婚者均不仁不义，他们不仅肆意挥霍奥德修斯家的钱财，无礼地追求佩涅洛佩，还侮辱他家的女奴，甚至图谋害死他的儿子，而他的有些家奴卖身求荣，助纣为虐，似乎也死有余辜。但即便如此，在奥德修斯大开杀戒的时候，佩涅洛佩也被安排进卧室入睡，为了不让她目睹丈夫的残酷。最后，在被杀的求婚者家属聚集起来准备向奥德修斯复仇的时候，雅典娜出面阻止了一场新的战争："伊塔卡人啊，赶快停止残酷的战斗，/不要再白白流血，双方快停止杀戮。……拉埃尔特斯之子，机敏的神裔奥德修斯，/住手吧，让这场战斗的双方不分胜负，/免得克罗诺斯之子、鸣雷的宙斯动怒。"

雅典娜的悲悯，说到底还是荷马的悲悯。"让这场战斗的双方不分胜负"，似乎就是作为史诗作者的荷马所秉持的一个重要的创作原则。这样的原则后来也为许多大作家所遵循，我们甚至要说，几乎所有大作家在描写战争时都不约而同地遵循了这一原则。普希金的小说《大尉的女儿》中的主人公格里尼奥夫是一名忠于沙皇的官军军官，可他却因帮助过起义军首领普加乔夫而得到后者的宽恕；与格里尼奥夫一样置身两个阵营之间的普希金，在描写普加乔夫起义军和官军的残酷交战时也似乎是"不偏不倚"的。托尔斯泰在《战争与和平》中描绘了俄国军民战胜拿破仑的辉煌胜利，可他却要借助普拉东·卡拉塔耶夫的形象来表达他超越国家和民族的博爱思想。在《静静的顿河》中，肖洛霍夫对军官格里高利及其命运的同情也构成了这部史诗巨著的情感基础。荷马在他的两部史诗中对战争和战争中的英雄所持的情感立场，则应该就是这种悲悯传统的源头。

荷马的悲悯是一种写作策略，写出残酷战争中显现出的真情，写出无情英雄身上的情义，揭示人物及其性格的矛盾性和复杂性，揭示极端情境中人类情感的悖论，这无疑是一种高超的文学技巧。荷马的悲悯也是一种人生态度，一种世界观，每一位作家都是天生的人道主义者，都是在“杀富济贫”，他们总是会情不自禁地解构强者，同情弱者，或者说书写卑贱者的崇高和崇高者的卑贱，世界文学史中几乎没有一位作家是靠颂扬权贵、鼓吹杀戮而成名的，相反，对人类苦难的感同身受，对任何一个具体人的具体不幸的深切同情，是每一位伟大作家展开创作的伦理前提。荷马的悲悯更是一种美学立场，文学毕竟不同于客观冷静的历史叙事，不以真实和合理为目的，文学更不是军事学或经济学，不以不择手段的胜利或利益为唯一和最终诉求，文学只不过是一种情感教育手段，意在发掘、展示并培养人类的高尚感情。就是在这一意义上，布罗茨基在接受诺贝尔奖时所做的演讲中坚称：“与一个没读过狄更斯的人相比，一个读过狄更斯的人更难因为任何一种思想学说而向自己的同类开枪。”也就是在这一意义上，布罗茨基给出了他著名的文学公式：“美学即伦理学之母。”

《神曲》：神圣的喜剧

但丁的《神曲》，意大利文原作题为“Divina Commedia”，英文译作“Divine Comedy”，俄文译作“Божественная комедия”，英、俄文译法都是“等值翻译”，意即“神的喜剧”或“神圣的喜剧”。中文译成《神曲》，其实也是“神来之笔”，因为中国文学中的“曲”也有轻松、谐谑等体裁属性。不过，但丁当初并未将自己的这部作品命名为《神曲》，而仅称其为《喜剧》。他自称《神曲》为“喜剧”，原因据说主要有两个：一是依据亚里士多德等古希腊哲人的分类，以死亡和不幸为结局的叙事为悲剧，反之则为喜剧，《神曲》的情节发展由起初的悲惨和恐怖逐渐趋向结尾的欢乐和光明，是为喜剧；二则因为《神曲》系用当时意大利人使用的世俗语言写成，这是当时通用的喜剧写作语言，而悲剧则须用拉丁语来写。在但丁这部作品写成数十年之后，但丁的佛罗伦萨同乡、后与但丁和彼特拉克并列为“意大利文艺复兴三巨头”的薄伽丘，曾在佛罗伦萨大学开设专门讲授《神曲》的课程，并在其《但丁赞》一文中对这部作品推崇备至，故在此书名称前加上“神圣”一词。1555年，威尼斯出版的一个《神曲》版本首次以《神圣的喜剧》为名，这一书名后被普遍采用，沿用至今。薄伽丘添加上去的这个表示推崇和敬意的形容词，却给《神曲》镀上了一层神性，一种宗教属性，使得之后一代又一代学者和读者均惯于自神学角度、基督教角度来阅读和理解这部文学杰作。

《神曲》无疑是一位虔诚的基督徒作家写作的一部旨在宣扬基督教信仰的文学作品。这部作品的整体叙事框架就建筑在基督教（主要是天主教）学说之上，即人有原罪，人生就是一个赎罪过程，人死后的灵魂将根据其肉身生前的犯罪程度和赎罪效果分别居于地狱、炼狱或天国。《神曲》因此分为三个部分，即《地狱篇》《炼狱篇》和《天国篇》，每篇由33章构成，全诗最前面有一章序曲，共100章，亦即“一百歌”，三大篇的体量也基本一致。这一严整的作品结构，就是基督教关于彼世生活三个境界的设置之具象体现。反过来，早在圣经故事中就开始出现的关于地狱和天国的宗教乌托邦想象，也在但丁的《神曲》中首次获得生动、细致的形象描述。

《神曲》的叙事开始于1300年4月8日，这一天是耶稣受难日。《神曲》是这样开头的："在人生的中途，我发现我已经迷失了正路，走进了一座幽暗的森林。""人生的中途"指35岁，是但丁在1300年的岁数；"幽暗的森林"则既指但丁在心爱的女性贝雅特丽齐死后所陷入的迷惘，也影射当时基督教世界和意大利社会的混乱和腐败。在一座小山脚下，有三只猛兽拦住去路，分别为象征肉欲的豹子、象征骄傲的狮子和象征贪婪的母狼，但丁向一个人影呼救，来人原为古罗马诗人维吉尔。维吉尔受贝雅特丽齐之请，带但丁游历地狱和炼狱。维吉尔出生在耶稣之前，因此不可能受洗信奉基督教，因此像亚里士多德、柏拉图、荷马等人一样，只能待在地狱的第一层"林勃"中。但维吉尔通过贝雅特丽齐获得上帝旨意，得以带领但丁走遍地狱和炼狱，而天国的向导只能由贝雅特丽齐亲自担任了。地狱、炼狱和天国这三个境界的构造均十分复杂。地狱是一个上宽下窄的漏斗状空间，入口处位于耶路撒冷，地狱共分九层，从上到下逐渐缩小，越向下，所关押的灵魂之罪孽就越深重，除第一层"林勃"为未受洗智者和婴儿的居所外，第二至九层分别惩罚不同等级的犯罪者灵魂，依次为纵欲者、贪食者、吝啬者和浪费者、易怒者、异教徒、施暴者、欺诈者及背叛者，其中最后三层又划分为不同的环，施暴者层分为对他人施暴、对自己施暴和对上帝（自然、艺术）施暴等三类，欺诈者层依据不同的欺诈类型归入十条壕沟，而背叛者层也细分为背叛亲属、背叛国家、背叛宾客、背叛恩人等四环。但丁把圣经故事中的魔鬼和罪人归入地狱和炼狱，同时也把他在个人生活和社会生活中的敌人悉数打入地狱。

穿过地狱，维吉尔带领但丁来到炼狱，炼狱与地狱相对，处于地球南半球的中心，状若一座山，它同样分为九层：山脚四周为炼狱外围，炼狱自身分为七层，分别为傲慢者、嫉妒者、暴怒者、懒惰者、贪婪者、暴食者、贪色者的修炼之地，最高一层为地上乐园，即伊甸园。炼狱中除“外围”和“乐园”之外的七层设置，所依据的正是基督教中的七宗罪，即傲慢、嫉妒、暴怒、懒惰、贪婪、暴食和色欲。炼狱中的灵魂所犯罪行与地狱中的灵魂大同小异，区别仅在于他们生前是否皈依了基督教，临终前是否做了忏悔。炼狱中既有但丁的朋友，也有他的敌人。具象的炼狱其实是但丁的文学虚构，之前的基督教学说中并无关于这一处所的具体描述，东正教和新教神学中至今也没有炼狱的概念。在《神曲》中，描写炼狱的篇章似乎更为精彩，因为炼狱更接近人间社会，更有烟火气，因为这里的灵魂还有愿望，仍存追求，不像地狱的人早已彻底绝望，天国的人早已心满意足。炼狱充满变化和起伏，善恶在这里相互纠缠，人物也性格各异，这里是最接近人类社会的现实场景，自然也是但丁最能大展身手的时空体。

在炼狱顶层的地上乐园，贝雅特丽齐取代维吉尔成为但丁的向导，引他升上天国。天国同样分九层，即月天、水星天、金星天、日天、火星天、木星天、土星天、恒星天和水晶天，最后才是上帝的居所净火天。居住在天国的灵魂分别为行善者、建功者、多情者、智慧者、殉教者、正直的君主、修道者、基督、众天使和上帝。比起在地狱和炼狱的见闻，但丁在天国的经历要平淡得多，无非是那些信仰坚定程度不一的灵魂在无忧无虑地飘荡，在微笑，由圣徒和天使构成的两队大军翱翔歌唱，焕发光芒。当然，但丁沿途也不断地得到贝雅特丽齐的指点和教导，并与各类升天的灵魂交谈问答，释疑解惑。就在但丁得以窥见三位一体的上帝时，《神曲》的叙事戛然而止。

《神曲》的字里行间，自始至终都渗透着一位基督徒的宗教信仰激情。作为全诗的第一人称叙事者，但丁借助独白以及与各色人等的睿智对话，借助对《圣经》和古代哲人文献的广博援引和深刻阐释，论证了基督教信仰对于人和人类的巨大精神作用，认为信仰基督教就是人走向至真、至善、至美的必由之路。正是由于《神曲》这一显明的基督教内涵，这部作品在数百年间也一直被视为“基督教神学的教科书”，在基督教的发展史中发挥过巨大作用。所谓“但丁学”自形成以来，也始终把研究重点放在对《神曲》以及但丁其他作品的基督教神学阐释上。《神曲》与基督教神学阐释，从此成为一种相互抱合

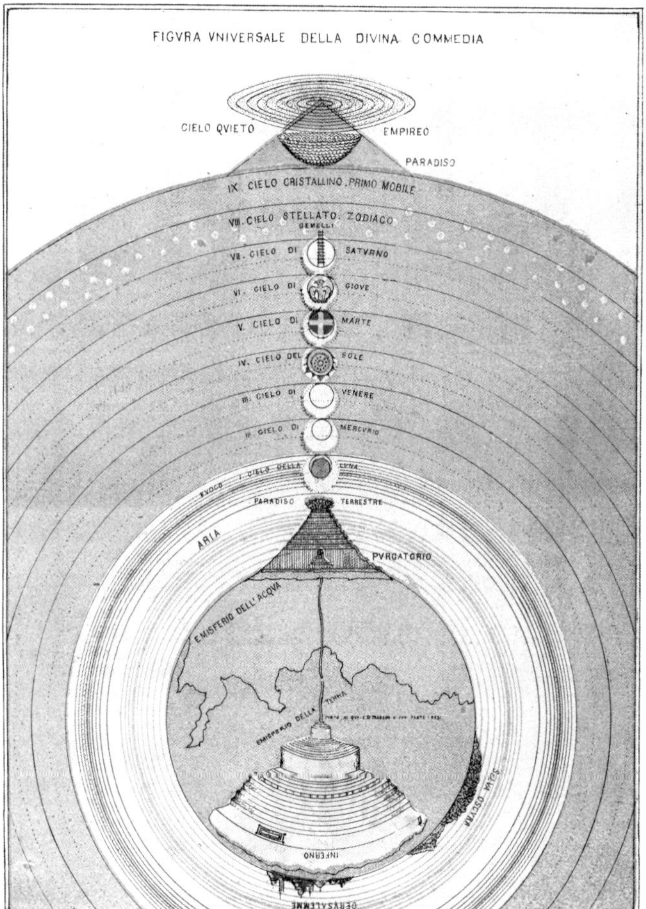

《神曲》世界概览

米开朗琪罗·卡埃塔尼　绘

（Michelangelo Caetani，1804—1882）

的互文性存在。

然而，但丁之写《神曲》，除了显在的宗教动机之外，还存在着其他一些驱动因素，首先，便是他的政治动机。但丁动笔写作《神曲》这部“中世纪意大利现实生活的百科全书”，其实有着十分功利的现实目的，《神曲》因此也带着强烈的政治立场和讽喻指向。在但丁生活的时代，即13世纪后半期和14世纪初，意大利处于分裂状态，皇权和神权明争暗斗。在但丁的故乡城、当时意大利最繁荣的手工业中心佛罗伦萨，拥护教皇、代表新兴市民阶级利益的贵尔弗党与拥护皇帝、代表封建贵族阶级利益的吉伯林党，一直在进行激烈争斗。年轻的但丁怀有政治抱负，曾作为骑兵先锋参加保卫佛罗伦萨的战斗，后成为市议会成员，并在1300年当选为该城六名执政官之一。执政佛罗伦萨的贵尔弗党后来发生内斗，分裂为黑党和白党，但丁接近白党，在黑党得势后受到迫害。1302年，在但丁滞留罗马期间，佛罗伦萨政权以贪污公款、反对教皇的罪名缺席判处但丁，但丁拒不承认强加的罪名，又被判处永久流放，从此未能再返回故乡城佛罗伦萨。从37岁到56岁，但丁一生的最后20年是在颠沛流离中度过的，他在《神曲》中关于自己流亡生活的一句感慨让人动容，后成为名句：“别人家的面包味道多么咸，走上、走下别人家的楼梯，路够多么艰难。”（《天国篇》第十七章）流亡期间，但丁始终关注佛罗伦萨，关注意大利，并写下《致穷凶极恶的佛罗伦萨人的信》(1311)、《帝制论》(1312) 等政论文字，继续他关于社会正义的思考和理论表述。《神曲》的写作，在一定意义上就是他政治抱负的延续，他试图在艺术中实现他在现实中未能实现的社会理想。但丁自己也说过，他写作《神曲》就是“为了对万恶的社会有所裨益”，为此，他在作品中揭露当时意大利的政治黑暗和社会问题，表达他对佛罗伦萨及意大利的现实和未来的担忧。在《天国篇》第九章，但丁借普罗旺斯行吟诗人浮尔科之口对佛罗伦萨发出了愤怒的指责：

> 你的城市是第一个背叛他的造物主者的产物，他的忌妒曾使人类如此痛哭流涕，这个城市铸造、流转那万恶的弗洛林，它使绵羊和羔羊离开了正路，因为它把牧羊人变成了狼。为贪财把福音书和伟大的教会圣师们的著作抛开，只醉心于《教会法令汇编》的研究，以致从书本的页边空白处看得出来。教皇和枢机主教们都醉心于发财；他们的心思不转向加百利展翅致敬的地方——拿撒勒。但是，梵蒂冈以及罗马那些原是追随彼得的战士们的墓地的其他神圣地方，不久必将从这种非法买卖的亵渎下得到解放。(田德望译文)

但丁在《神曲》中延续他在佛罗伦萨担任过的执政官角色，对众多历史人物和同时代人的功过做出评判，他像地狱入口处的判官米诺斯一样忙得不亦乐乎，审判每一个来到地狱门前的灵魂，根据他们罪孽的轻重判定他们在地狱中所处的位置。他把他认为应该对佛罗伦萨和整个意大利的黑暗现实负有罪责的行政和教会人士都打入地狱。比如，他把教皇尼古拉三世的灵魂置于第八层，让他倒栽葱式地插入深穴，两脚燃烧，接受永久的火刑。但丁甚至借尼古拉三世之口，预言了当时还健在的另一个教皇卜尼法斯八世的死期，说他也将在尼古拉三世的灵魂旁边占据一个位置。（《地狱篇》第十九章）但丁当年的那些政界敌人，也大多被他分别置于地狱的不同层级，其中某些人，比如14世纪初卢卡民众党首领达提，也像卜尼法斯八世一样，活着就被诗人打入了地狱。（《地狱篇》第二十一章）《神曲》的作者在书中立场鲜明，嬉笑怒骂，将其在官场上的不得志一吐为快。在经历政治上的失败之后，但丁在流亡生活中精心打造这部意在讽喻现实生活的文学作品，《神曲》因此可谓一部地道的“批评现实主义”之作。在书中，身在天国的但丁高祖卡治圭达对但丁做出了这样的夸赞：“你这呼声将如同风一样，对最高的山峰打击最为猛烈；这将成为你获得荣誉不小的理由。”（《天国篇》第十七章）这位祖先的赞誉无意中也泄露了但丁本人的一个心机，即通过直面生活、针砭现实的文章实现自己的政治和社会抱负，进而赢得不朽的荣誉。

作为一部诞生在文艺复兴初期的文学作品，《神曲》也鲜明地体现着当时典型的时代精神，即推崇科学的求索和人的意识。但丁出身于城市小贵族家庭，自幼接受很好的教育，很早就掌握了拉丁语、逻辑学和修辞学等方面的知识，后曾在波伦亚大学学习，从而成为他那个时代为数不多的“精英知识分子”。从《神曲》中大量的援引和问答不难看出，但丁精通哲学、神学和文学，对亚里士多德、托马斯·阿奎那、维吉尔、贺拉斯、奥维德等人的著作如数家珍，其逻辑思辨能力和人文修养均达到极高水准。流亡期间，但丁曾试图借助学术和写作赢得荣誉，以引起佛罗伦萨当政者的关注和赏识，从而实现还乡的目的。为此，他相继写出《论俗语》（1305）和《筵席》（1307）等著作。他在《筵席》中写道：“人的生活就是对理性的运用”，“没有理性，人就不再成其为人，而只是感觉的生物，即畜生”。他在《论俗语》中预言，当时被作为俗语的意大利语最终将取代拉丁语成为意大利的文学语言，他后来果然通过《神曲》的写作实现了他自己发出的这一预言。这些“学术著作”最终未能使他赢得衣锦还乡的资格，却为《神曲》这样一部“百科全书式的诗作”（法国学者拉莫奈语）的写作奠定了坚实的知识基础。

《神曲》是一部文学作品，也是一部知识巨著，折射着作者强烈的理性精神和科学精神。作者在跟随维吉尔和贝雅特丽齐的旅途中，时时处处表现出强烈的好奇心和求知欲，他一次又一次向两位导师提问，也不断地与形形色色的灵魂攀谈，内容涉及天文地理、哲学神学、人性和神性、信仰和真理，无所不包。但丁多次把他的求知欲喻作“饥渴”，是“永远解不了的那种自然的渴”（《炼狱篇》第二十一章）。写到与高祖卡洽圭达灵魂的交谈时，但丁用了一个美妙的比喻：“那位圣洁的灵魂沉默了，表明他已完成了把纬线织进我捧到他面前的那块布的经线中去的工作。”（《天国篇》第十七章）提问是经线，回答是纬线，这两者共同织就了《神曲》的文本，也决定了这部文学作品的“百科全书”属性。求知的力量和信仰的力量，这两者之间的张力纵贯全书。《神曲》主人公上天入地的旅程，也是一次认知之旅，思想之旅。

关于但丁，恩格斯说过这样一句很有名的话：“封建的中世纪的终结和现代资本主义纪元的开端，是以一位大人物为标志的，这位人物就是意大利人但丁，他是中世纪的最后一位诗人，同时又是新时代的最初一位诗人。”文艺复兴时代就总体而言是一个推崇理性、弘扬人的意识的时代，这样的时代精神也在《神曲》中留下了深刻烙印。但丁在《神曲》中宣扬基督教神学，但他也把走近上帝理解为一种自由意志；《神曲》是一部信仰之书，但是但丁也在书中不断地强调理性的意义，强调人的意志。但丁似乎在《神曲》中对神学进行哲学思辨，对信仰进行理性论证。他在书中抨击中世纪教会的蒙昧主义策略，论证文化和知识对于人和人类发展的积极意义，认为现世生活有其自身价值，人的自由意志是“上帝最伟大的主张”，是上帝给予人类的“最伟大的赠品”，人要通过自己的创造赢得不朽，这些无疑都已闪现出文艺复兴时期人文主义思想的曙光。维吉尔曾对但丁说道：“你跟着我走，让人们说去吧！你要像坚塔一样屹立着，任凭风怎样吹，塔顶都永不动摇……”（《炼狱篇》第五章）这句名言应该就是但丁为自己制定的座右铭，这也是文艺复兴之初欧洲知识分子探索精神的最好表达。

《神曲》是但丁献给心爱的女性贝雅特丽齐的庄严颂歌。贝雅特丽齐是一位佛罗伦萨少女，与但丁年龄相仿，但丁很早就爱上了她，但丁的第一首情诗就是献给她的。但是，贝雅特丽齐却在约20岁时嫁给了一个名叫巴尔迪的男人，这让但丁心碎，让他更加悲伤的是，贝雅特丽齐竟在1290年去世，年仅25岁左右。对于贝雅特丽齐的爱是但丁一生中最刻骨铭心的情感，这种爱是柏拉图式的精神之爱，带有某种神秘色彩。在贝雅特丽齐去世后不久，但丁就写成思念她的第一部作品《新生》（1293），十几年过后，难忘旧情的但丁又开始为贝雅特丽齐献上《神曲》这部史诗般的巨作。赞美和圣化心爱的女性，应该是但丁创作《神曲》的最直接目的。在《新生》的结尾，但丁曾写道：“我决定不再讲述这位享有天国之福的人，直到自己更配讲她的时候”，到那个时候，“我要讲出人们关于任何一位女性都从未讲出的话”。在这里，但丁已将贝雅特丽齐称为“享有天国之福的人”，并立下了将来继续写她的创作宏愿，而“更配讲她的时候”，无疑就是他动笔写作《神曲》的日子，但丁也果然在《神曲》中讲出了“人们关于任何一位女性都从未讲出的话”。可以毫不夸张地说，《神曲》全书就建立在但丁对于贝雅特丽齐的一往情深之上，就是但丁对于贝雅特丽齐的爱情的艺术结晶。一部充满基督教信仰教谕的长诗，实为一部抒发个人爱情的颂歌！

在《神曲》的开头，维吉尔就告诉但丁，他只能带领但丁游历地狱和炼狱，而天国之路则将由一个比他“更配去那里的灵魂”做向导。在游历地狱和炼狱时，维吉尔也多次提到贝雅特丽齐，称她为“圣女”，并表示他就是受贝雅特丽齐的托付来指引但丁的。贝雅特丽齐似乎成了向导的向导，一个更高意义上的引路人。在《炼狱篇》第六章，维吉尔这样激励但丁：“但是，你不要把心神放在这样高深的疑难问题上，除非她告诉你这样做，她对于你将是真理和心智之间的光。我不知道你明白了没有：我说的就是贝雅特丽齐；你将在山上，在这座山的顶上看到她微笑，洋溢着天国之福。”从此，贝雅特丽齐就成了但丁攀登前行的动力，是真理之光的象征。但是，直到《炼狱篇》结尾处的第三十章，这部作品的女主人公才姗姗来迟地出场，她威风凛凛地站在对岸一辆由狮子和鹰合体的怪兽格利丰牵引的大车上：

> 从前我曾看到，清晨时分，东方的天空完全是玫瑰色，天空其余的部分呈现一片明丽的蔚蓝色；太阳面上蒙着一层薄雾升起，光芒变得柔和，眼睛得以凝望它许久，同样，天使们手里向上散的花纷纷落到车里和车外，形成了一片彩云，彩云中一位圣女出现在我面前，戴着橄榄叶花冠，蒙着白面纱，披着绿斗篷，里面穿着烈火般的红色的长袍。我的心已经这么久没在她面前敬畏得发抖，不能支持了，现在眼睛没认清楚她的容颜，通过来自她的神秘力量，就感觉到旧时爱情的强大作用。
>
> ……
>
> 正如一位海军上将站在船头和船尾，视察在别的船上履行职责的人们，鼓励他们做好工作；同样，当我听见直呼我在此处必须记载的自己名字的声音，转身去看时，只

见那位在天使们散花形成的彩云遮蔽下初次出现在我面前的圣女站在车上靠左的一边，把眼光投向河这边的我身上。虽然从那戴着弥涅耳瓦树叶花冠的头上垂下的面纱不容看清楚她的容貌，她态度仍然像女王一般高傲，如同演说家把最激烈的话留到后面讲似的，继续说："你向这里看！我就是，我就是贝雅特丽齐。你怎么认为你配来到这山上？你不知道人在这里是幸福的吗？"我把眼睛低垂到清澈的小河里，但我一瞥我的影子在水中，就把眼睛转移到草上，莫大的羞愧之情沉重地压在我头上；我觉得她对我无情，就如同儿子觉得母亲对他严厉一样，因为声色俱厉表现的慈爱是有苦味的。（田德望译文）

贝雅特丽齐的亮相是辉煌的，但与之前的铺垫给读者造成的预感不同，她似乎并未让人觉得可亲可爱。她立即开始了对但丁的呵斥，指责但丁在她死去后曾"倾心于别人"，"把脚步转到不正确的路上，追求福的种种假象"，"他堕落得那样深，一切拯救他的办法都已不足，除非让他去看万劫不复的人群。为此我去访问死者之门，哭着向引导他攀登到这里的那位提出我的请求。假若让他不付出流泪忏悔的代价，就渡过勒特河，尝到这样的饮料，那就破坏了上帝的崇高的谕旨"。这样的描写，其实更体现出了但丁对贝雅特丽齐的心悦诚服，对贝雅特

贝雅特丽齐出场

巴托洛梅奥·皮内利　绘

（Bartolomeo Pinelli，1781—1835）

丽齐的崇拜，他把爱的对象举上天国，让心中的恋人成为拯救者，成为神圣的存在。

当然，到了《天国篇》，贝雅特丽齐对但丁的态度就渐渐变得和蔼、亲切起来，她也显得越来越美，“我看到她变得更美了”（《天国篇》第八章），顺着台阶而上，她的“美就点燃得越旺”（《天国篇》第二十一章）。最后，力不从心的但丁决定放弃描写贝雅特丽齐的美，因为，“我所看到的美不仅超越了我们人的心智所能理解的限度，而且我确信，只有创造这种美者能完全欣赏它”（《天国篇》第三十章）。就这样，但丁把自己心目中的爱人塑造成了一个可望而不可即的对象，一位上帝的侍女。一般认为，在但丁的两位向导中，维吉尔象征哲学和理性，贝雅特丽齐象征神学和信仰，他俩的交接，象征理性最终为信仰所取代。其实，我们也可以反过来理解，在《神曲》中，但丁用爱取代了理性，贝雅特丽齐与其说是神学和信仰的象征，不如说是爱和美的化身。

但丁呕心沥血地写作《神曲》，说到底还是为了赢得他作为一位诗人的不朽。据说但丁18岁开始写诗，并积极参与佛罗伦萨“温柔的新体”诗派的活动，通过与该派诗人的交往，通过他那些抒发对贝雅特丽齐深刻爱情的诗作，他迅速成长为当时意大利最重要的抒情诗人之一。在《神曲》中，作为抒情主人公的诗人形象跃然纸上，他坚定自信，英姿勃发。在全书开端的《地狱篇》第二章，但丁就写道：

> 白昼渐渐消逝，昏黄的天色使大地上的众生都解除劳役，唯独我一个人正准备经受这场克服征途之苦和怜悯之情的战斗，我的真确无误的记忆将追述这些经历。
>
> 啊，缪斯啊！啊，崇高的才华呀！现在帮助我吧！啊，记载我所看到的一切事物的记忆呀！这里将显示出你的高贵。（田德望译文）

但丁在这里吁求的是缪斯，是自己“崇高的才华”，而不是上帝。《神曲》的中译者田德望先生因此在注释中感慨道：“但丁依照维吉尔的《埃涅阿斯纪》的范例，在叙述诗中的情节之前，先祈求诗神缪斯的帮助，也就是求助于灵感、艺术和学问。但是求助于自己的才华，似无先例。《神曲》中有不少诗句表明但丁意识到自己有很高的天才。”在《地狱篇》第四章，但丁颇为自负地把自己与荷马、贺拉斯、奥维德、卢卡努斯和自己的导师维吉尔并列，称自己为“第六位”：

> 话音一落，并且沉静下来后，我就看见四位伟大的灵魂向我们走来：他们的神情既不悲哀，也不喜悦。善良的

老师开始说："你看手里拿着那把宝剑、像君主似的走在三个人前面的那一位，那就是诗人之王荷马，跟在他后面走来的是讽刺诗人贺拉斯，第三位是奥维德，最后一位是卢卡努斯。因为他们都和我一样有那一个声音说出来的称号，他们就都向我表示敬意，他们这样做，做得好。"我就这样看到那位创作最崇高的诗歌的诗人之王的美好的流派集合在这里，他那种诗歌像鹰一般高翔于其他种诗歌之上。他们在一起谈了一下之后，就转过身来向我表示敬意，对此，我的老师微微一笑；此外，他们还给了我更多的荣誉，因为他们把我列入他们的行列，结果，我就是这样赫赫有名的智者中的第六位。（田德望译文）

在《地狱篇》第二十五章中描绘出人、蛇相互变形的恐怖场景之后，但丁更加自信地写道："让奥维德不要讲卡德摩斯和阿瑞图萨的故事，因为，如果说他在诗中使前者变成了蛇，后者变成了泉，我并不忌妒他；因为他从来没有描写过两种自然物面对面这样变形，使双方的灵魂都肯互换形体。"到了炼狱，由于与但丁相遇的灵魂都有救赎的可能，他们便迫切想了解人间的情况，也迫切希望更多的人为他们祈祷，帮助他们早日解脱，但丁作为一位传达者、肩负沟通使命的诗人，在这里接受了更多的托付。在《炼狱篇》第五章，但丁对那些灵魂说："但是，生来有福的灵魂们，如果你们要我为你们做些我能做到的事，你们就说吧，我愿以那种平安的名义发誓去做，这种平安使我跟随这样一位向导的脚步从一个世界到一个世界去追求它。"做两个世界之间的使者和沟通者，这其实也是关于诗人身份的一种隐喻。但丁选择一位诗人，而且是基督教出现之前的古罗马诗人维吉尔，以及后来加入进来的古罗马诗人斯塔提乌斯作为向导，与自己钟爱的女性贝雅特丽齐并列，这本身就构成一个关于诗人崇高使命的象征。但丁信仰上帝，也信仰诗。

《神曲》中的人文精神和超越时代、超越宗教的感染力，在很大程度上就源自书中高度个性化的诗人形象，这个形象是但丁的自我塑造，是他的自画像，同时作为叙事主人公和抒情主人公的诗人但丁，成为唯一能上天入地的人，成为三个境界间的沟通者，成为堪比上帝的人。这位诗人跳出现实生活，俯瞰人类及其历史和命运。但丁是一个被选中的人，或者说是他自己选中了他自己，作为人类的代言人和向导，一如作为诗人的维吉尔做他的向导。但丁是最后的诗人，也是最初的诗人，他用一部鼓吹人的基督教信仰的长诗，却把人从神那里解救了出来，把文学从神学那里解救了出来。《神曲》是其作者的自我之歌，是人的自由意志的颂歌，它是但丁献给神的礼赞，也是他个人赢得不朽的手段。他在作品中毫不隐瞒地表达了他试图借助这部作品而荣归故里的愿望："如果有朝一日这部天和地一同对它插手的、使得我为创作它已经消瘦了多年的圣诗，会战胜把我关在那美好的羊圈门外的残忍之情——我曾作为一只羔羊睡在那里，被那群对它宣战的狼视为仇敌；那时我将带着另一种声音，另一种毛发，作为一位诗人回去，在我领礼的洗礼盆边戴上桂冠；因为我在那里进入了那使人为上帝所知的信仰之门，后来彼得又为这种信仰的缘故那样在我的额前转圈子。"（《天国篇》第二十五章）但丁相信，他终将因为他呕心沥血写就的《神曲》载誉而归，在乡音已改、白发苍苍的时候，在他当年受洗的教堂被戴上诗人的桂冠。但丁的愿望实现了，但却不是或不完全是因为他的信仰，而是因为或主要是因为他的诗。写诗，说到底就是一种自我加冕的、自我圣化的行为。

《神曲》写成之后，但丁把部分篇章献给维罗纳亲王斯卡拉，因为但丁在写作此书期间曾在斯卡拉宫廷受到礼遇和厚待，他还在所附的致斯卡拉大亲王的信中谈及《神曲》的四层意义："必须知道，我这部作品的意义不是简单的，反之，可以说是'多义的'，就是说，含有多种意义。第一种意义是照文字上的意义，第二种意义是照文字所表示的事物的意义。第一种可以称为字义的意义，第二种可以称为讽喻的或神秘的意义。为了更清楚地阐明这种论法，可以把它应用到如下诗句：‘以色列出了埃及，雅各宾离开说异言之民，那时犹太是主的圣所，以色列是他的领土。’如果只看字义，这句诗对我们说的是摩西时代以色列的儿女离开埃及；如果看它的讽喻意义，它说的是基督为我们赎罪；如果看它的道德意义，它说的是灵魂从罪恶的哀伤悲惨中转入蒙恩的状态；如果看它的神秘意义，它说的是神圣的灵魂摆脱尘躯的奴役而享得永光的自由。”（缪灵珠译文）但丁在这里说明，他的《神曲》同时蕴含着字面意义、讽喻意义、道德意义和神秘意义等四层意义。同样，我们在前文也分别探讨了《神曲》作者除宗教动机之外还存在的政治动机、知识动机、爱情动机和艺术动机。《神曲》的多种意义和《神曲》作者多重写作动机的并存，既是作者本人思想的复杂性和深刻性之体现，同时也使这部作品获得了丰富的阐释可能性。阅读《神曲》，不难体会到但丁世界观的种种矛盾之处，甚至悖论，比如：他宣扬基督教信仰的绝对价值，却又弘扬人的自由意志；他热忱歌颂现实生活的欢乐和美，又把这一切仅视为彼岸世界的准备；他意识到理性对于人类的重要作用，却又让人被动地接受上帝的审判；他信仰基督教，却在书中公然就信仰的本质、灵魂与肉体的关系、天使如何被造出来等提出“冒犯性”的疑问；作为一名信徒，他却常从世俗社会立场出发对教会和教皇发出指责和抨击；他在坚定信仰上帝的同时，却也在坚守诗人的认知使命和情感权利，佐证诗歌所具有的某种可以等同于上帝的臻于真善美的能力。这些悖论的存在，不仅丝毫无损于这部作品的整体立意和结构，反而增强了这部作品的阅读乐趣，扩大了其阐释空间。或许，这些思想矛盾会对作为政治家和社会活动家的但丁构成妨碍，却可以使他在文学中变得更为深刻，其结果便构成了这一最大悖论，即一则弘扬基督教信仰的寓言最终却演变成世界文学史上最杰出的文学作品之一。当时的读者和诠释者大多对《神曲》中的故事和场景信以为真，只有但丁自己以及我们今天的读者才能充分意识到，这一切都是文学的虚构。

《神曲》不等于《圣经》，文学也不是宗教。文学应该具有某种宗教感，不涉及道德、信仰、救赎和不朽等题材的文学，可能就不是深刻的文学；反之，宗教意味过于强烈的文学，也就是那些过分热衷注经、释经，甚或自身希望成为经书的作品，又往往会让读者敬而远之。最好的经书可能具有文学性，但最好的文学作品却很少是经书。《神曲》是一部“神圣的喜剧”，其书名中的“神圣”和“喜剧”两词构成一个矛盾修饰，形成一种相互对冲或相互解构，庄严和戏谑，崇高和世俗，乃至经书和诗，宗教和文学，这些因素之间的广阔空间和巨大张力，或许就是可供文学耕耘者们辛勤劳作的肥沃原野。

哈姆雷特和双重人

“有一千个读者，就有一千个哈姆雷特。”关于接受美学理论的这样一种形象说法如今却成为一句现代俗语，家喻户晓。这句话一方面在说明文学接受和阐释的相对性，说明对文学作品的解读是因人而异的；另一方面其实也在暗示哈姆雷特性格自身的复杂性，暗示任何一个成功的文学形象可能都是一种矛盾性格，都是双重人。

在当下的世界文学中，英语文学无疑是传播最广、影响最大的语种文学，因为作为其工具和载体的英语已是真正的“世界语”，英语成为众多非盎格鲁-撒克逊人的母语，成为世界范围内为数更众者的第一外语；在英语文学中，被阅读最多的作家毫无疑问是莎士比亚，他是当之无愧的最伟大的英语作家，被视为世界文学史中继荷马之后的又一座高峰；在莎士比亚的所有作品中，知名度最高的可能就是他的五幕悲剧《哈姆雷特》，这是莎士比亚四大悲剧中结构最为繁复、篇幅最大、在世界各地舞台上被上演最多的一部剧作，是世界文学皇冠上的明珠；在《哈姆雷特》这出戏中，一号主角肯定就是以其名字命名这部剧作的哈姆雷特。如此一来，哈姆雷特也就成了人类文学中最著名的文学形象，至少是最著名的文学形象之一；而在这个形象身上，最为人们所津津乐道的，所穷追深究的，就是他性格的矛盾性，或曰双重性。

哈姆雷特是一个双重人，他似乎是一个谜，一个待解的题。他是思想着的哲人，还是处心积虑的复仇者？是命运的主宰，还是伺机而动的机会主义者？是优柔寡断的王子，还是义无反顾的王储？最后，他是一个失败者，还是胜利者？是一个悲剧人物，还是一种理想形象？

哈姆雷特是丹麦王子（身为英国作家的莎士比亚把他的主人公写成丹麦王子，可能是为了制造出某种陌生化的戏剧效果，也可能是担心英国王室对号入座，作家会因此受牵连），他在德国威登堡大学留学，突然接到父亲的死讯后回国奔丧，看到叔父克劳狄斯已经登上王位，母亲乔特鲁德已经改嫁叔父，他对叔父和母亲都表现出了强烈的疑惑和不满。父亲的亡灵在深夜的城堡露台上向哈姆雷特显容，透露了他被他的亲弟弟谋杀的真相，并让儿子替父报仇。哈姆雷特由此成为一个负有使命的人，也成了一个时刻寻求机会、心神不定的人。为了隐藏自己的真实动机，他拒绝了御前大臣的女儿奥菲利娅的爱情，装疯卖傻。为了窥视叔父的真实内心、验证父亲亡灵所言之真假，哈姆雷特让前来宫中献技的戏班演员们再现凶手害死国王、篡夺王位、霸占王后的故事，叔父在观剧时的惊慌表现让哈姆雷特坚定了复仇的决心，与此同时，哈姆雷特也开始面临来自叔父的更大威胁。第三幕中，哈姆雷特在一个房间里单独遇见正在忏悔的叔父，他本有机会趁机刺杀，但他想道：父亲是在花园里午睡时被他弟弟毒死的，因此来不及忏悔，至今仍在炼狱里受煎熬，而叔父若在忏悔时被杀，反倒有机会上天堂，这显然是不公平的。哈姆雷特因此放弃了这个杀死叔父的时机。其实，哈姆雷特此时也很有可能是在为自己的犹豫不决寻找一个合适的借口。而在接下来的一个场景中，面对母亲时的哈姆雷特则表现得更加坦然和勇敢，他不仅怒斥母亲的忘恩负义，还一剑刺死藏在帷幕后面窃听的御前大臣（当然，他认为帷幕后面的人就是新国王）。新国王决定把哈姆雷特送往英国，借英王之手除掉哈姆雷特（莎士比亚还是让剧情与英国产生了一点关联），但哈姆雷特设法逃脱，回到祖国，后得知疯癫的奥菲利娅落入河中溺亡。见哈姆雷特回国，新国王便挑唆御前大臣的儿子雷欧提斯为父亲报仇，用沾有毒药的剑与哈姆雷特决斗。在全剧最后一幕，哈姆雷特被雷欧提斯的毒剑刺中，但他夺过雷欧提斯的剑也刺伤了对方，最终又用这柄毒剑刺死新国王。新国王曾担心雷欧提斯刺不中哈姆雷特，另为哈姆雷特备下一杯毒酒，这杯毒酒却被王后误饮（或许她是有意饮下的）。就这样，四个主要角色均在最后一幕相继死去，完全符合“悲剧”的要求。

在这个“王子复仇记”（《哈姆雷特》剧名的另一种汉译）中，哈姆雷特完成了自己的使命。但是，他履行使命的过程却跌宕起伏，他的内心也始终充满彷徨和犹疑，比如他对父亲亡灵之言的半信半疑，他对叔父弑兄罪行的猜度，他用装疯卖傻来掩饰自己，他通过拒绝奥菲利娅的爱情（同时也是他自己的爱情）来保护自己，等等。他的优柔寡断、意志薄弱更体现在他的言语中，莎士比亚在剧中共为哈姆雷特安排了六七段长独白，其中又以哈姆雷特在第三幕第一场见到奥菲利娅之前道出的那段独白最为著名：

> 生存还是毁灭，这是一个值得考虑的问题；默然忍受命运的暴虐的毒箭，或是挺身反抗人世的无涯的苦难，通过斗争把它们扫清，这两种行为，哪一种更高贵？死了；睡着了；什么都完了；要是在这一种睡眠之中，我们心头的创痛，以及其他无数血肉之躯所不能避免的打击，都可

以从此消失，那正是我们求之不得的结局。死了；睡着了；睡着了也许还会做梦；嗯，阻碍就在这儿：因为当我们摆脱了这一具朽腐的皮囊以后，在那死的睡眠里，究竟将要做些什么梦，那不能不使我们踌躇顾虑。人们甘心久困于患难之中，也就是为了这个缘故；谁愿意忍受人世的鞭挞和讥嘲、压迫者的凌辱、傲慢者的冷眼、被轻蔑的爱情的惨痛、法律的迁延、官吏的横暴和费尽辛勤所换来的小人的鄙视，要是他只要用一柄小小的刀子，就可以清算他自己的一生？谁愿意负着这样的重担，在烦劳的生命的压迫下呻吟流汗，倘不是因为惧怕不可知的死后，惧怕那从来不曾有一个旅人回来过的神秘之国，是它迷惑了我们的意志，使我们宁愿忍受目前的磨折，不敢向我们所不知道的痛苦飞去？这样，重重的顾虑使我们全变成了懦夫，决心的赤热的光彩，被审慎的思维盖上了一层灰色，伟大的事业在这一种考虑之下，也会逆流而退，失去了行动的意义。且慢！美丽的奥菲利娅！——女神，在你的祈祷之中，不要忘记替我忏悔我的罪孽。（朱生豪译文）

哈姆雷特思考的核心问题，就是“to be, or not to be”。这个简单的英文句子有多种汉译，如“生存还是毁灭”（朱生豪译文），“死后还是存在，还是不存在”（梁实秋译文），“活下去还是不活”（卞之琳译文），“活着好，还是死了好”（方平译文），“是存在还是消亡”（孙大雨译文），“是活着，还是死去”（傅光明译文），还有人干脆译成“做还是不做”。这里的种种译法，都传导出了哈姆雷特性格中最典型的特征，即犹疑和优柔。去做，就是去完成父亲的意愿，这无疑是有风险的，这种风险不仅是哈姆雷特所面临的生命危险，而且还包括对王国未来的担忧，对母亲的怜悯，对奥菲利娅的爱情，等等。有人还解释：这里的“做”就是自杀的举动；不做，对于哈姆雷特而言可能是一个更加艰难的选择，因为这不仅关涉父亲的意愿，而且也关涉维护王国的公正、回应自己良心的呼唤等问题，当然，也包括如果不自杀该如何活下去的问题。面对这样一个尖锐的问题，哈姆雷特分裂成了两个人，一个是坚决的行动者，一个是彷徨的思考者。关于哈姆雷特，人们经常说他是“思想的巨人，行动的矮子”，其实，他也是一个行动的人，他毕竟最终做出行动，完成了复仇，只不过，他在行动之前的长久思考暴露出了他的行动之艰难，他的思考之痛苦。其实，我们每个人都会遇见哈姆雷特式的难题，都有可能在某个时刻出现某种程度的人格分裂，只不过哈姆雷特的双重性格在莎士比亚笔下得到了最动人的呈现，最深刻的表达。

哈姆雷特自身是一个双重人，但莎士比亚在剧中还设置了

哈姆雷特试图杀死叔父

欧仁·德拉克洛瓦　绘

（Eugène Delacroix，1798—1863）

若干与他构成比照的形象，他们也可被视为哈姆雷特的双重性的外化。哈姆雷特的好友霍拉旭敢作敢为，仗义执言，似与哈姆雷特的优柔寡断构成鲜明对比。他不惧鬼魂，深夜面对哈姆雷特父亲、老国王的魂灵，才促成了哈姆雷特父子跨越阴阳两个世界的相见；他忠于友谊，时刻替哈姆雷特着想，帮助哈姆雷特逃回祖国，并在墓地阻止了哈姆雷特与雷欧提斯的决斗；在全剧的最后，他甚至甘愿与哈姆雷特一同赴死。哈姆雷特临终时制止了霍拉旭的殉死，并深情地对自己的这位好友说道："霍拉旭，我死了，你还活在世上；请你把我的行事的始末根由昭告世人，解除他们的疑惑。""请你暂时牺牲一下天堂上的幸福，留在这一个冷酷的人间，替我传述我的故事吧。"可以说，霍拉旭是行动的化身，他是一个单一性格的哈姆雷特，是一种简单化了的哈姆雷特性格。

奥菲利娅则是一个女性的哈姆雷特。奥菲利娅和哈姆雷特这对情侣在剧中相继发疯（或者装疯），他俩彼此深爱，却又都是爱的弱者，是优柔寡断的情感追求者。早在第二幕第一场，奥菲利娅就告诉父亲，哈姆雷特疯了，而她的父亲则断定，哈姆雷特的"病因"就是对自己女儿的爱情；在第四幕第五场，奥菲利娅也疯了，用新国王的话说，是因为她父亲的遇害和哈姆雷特的绝情。疯狂，既是哈姆雷特和奥菲利娅矛盾心理的结果，也是他俩双重人格的外在呈现，更为重要的是，疯狂作为一道分界，似乎把奥菲利娅和哈姆雷特的性格划分成两种类型。奥菲利娅发疯之后，就步入了她的幻想世界，最后，她在疯狂的幻想中用野花编成花环，她想把花环挂到柳树上去，却不幸失足落水而亡，她漂浮在水上的时候还在唱着她爱的歌曲；而在墓地为奥菲利娅送葬的哈姆雷特，最终摘下了他的情感面具，面对奥菲利娅的哥哥雷欧提斯的愤怒，他终于高声喊出了他对奥菲利娅的真情："四万个兄弟的爱合起来，还抵不过我对她的爱。"

雷欧提斯获悉父亲的死讯后从巴黎赶回，之后又得知妹妹溺死的噩耗，他决心向哈姆雷特复仇，于是，他和哈姆雷特一样也成为一个复仇者。与哈姆雷特的犹豫不决、踌躇良久不同，雷欧提斯当机立断，快刀斩乱麻，似乎是一个反面的哈姆雷特。最终，这一对复仇者同归于尽。

霍拉旭是简单的哈姆雷特，奥菲利娅是阴性的哈姆雷特，雷欧提斯是反面的哈姆雷特，他们似乎是哈姆雷特性格某一侧面的放大，或者说，他们的性格与哈姆雷特性格的某一侧面构成了呼应或对照。哈姆雷特是双重人，哈姆雷特周围的几个主要人物似乎也是他外化的双重人。

除此之外，莎士比亚还在剧中设置了多个成双成对的人物组合：其一，有两个国王，即哈姆雷特的父亲老丹麦王和新国王克劳狄斯。他俩一真一假，一善一恶，他俩先后拥有同一个王国和同一个妻子，却处处构成鲜明反差，就像哈姆雷特在斥责他母亲时所做的对比：“瞧这一幅图画，再瞧这一幅；这是两个兄弟的肖像。你看这一个的相貌多么高雅优美：太阳神的鬈发，天神的前额，像战神一样威风凛凛的眼睛，像降落在高吻穹苍的山巅的神使一样矫健的姿态；这一个完善卓越的仪表，真像每一个天神都曾在那上面打下印记，向世间证明这是一个男子的典型。这是你从前的丈夫。现在你再看这一个：这是你现在的丈夫，像一株霉烂的禾穗，损害了他的健硕的兄弟。”其二，有两个女人，即哈姆雷特的母亲乔特鲁德和奥菲利娅，这是全剧中仅有的两个女性角色（除了入宫表演的戏班子里的女伶人和宫廷侍女之外）。她俩一个随遇而安，虚荣糊涂，一个忠于爱情，善良清纯，同样构成映衬。对于前者，莎士比亚借哈姆雷特之口道出了他的谴责：“脆弱啊，你的名字就是女人！”对于后者，莎士比亚做了全剧中最为抒情的描述，让她与鲜花、小溪和歌声一同消失。值得注意的是，在剧中，奥菲利娅溺死的场景是由乔特鲁德转告给雷欧提斯的，乔特鲁德的叙述中不无温情和伤悲。最后，也是她带着雷欧提斯来到奥菲利娅的墓地，并献上鲜花：“好花是应当散在美人身上的；永别了！（散花）我本来希望你做我的哈姆雷特的妻子；这些鲜花本来要铺在你的新床上，亲爱的女郎，谁想得到我要把它们散在你的坟上！”其三，是哈姆雷特在德国威登堡大学的两个同学，即罗森格兰兹和吉尔登斯吞。他俩应召回国，被新国王收买，押送哈姆雷特去英国，结果反而中了哈姆雷特的掉包计，他们在权力和友谊之间做出的不当选择，让他俩在英国丢掉了性命。这两个人物在剧中同来同往，用同一个声音说话，似乎分不出彼此。其四，是墓地上的两个掘墓人。他俩在墓地为奥菲利娅挖墓穴，且掘且议，且掘且歌，并轮流与哈姆雷特对话，亦庄亦谐地谈论生死。

《哈姆雷特》中的人物是成双成对的。莎士比亚这样结构人物关系，或许就是为了更具体、更立体地展示他笔下人物的多面性和复杂性。

在莎士比亚的《哈姆雷特》之后，许多文学名著中的人物形象都被喻作哈姆雷特，比如帕斯捷尔纳克的小说《日瓦戈医生》中的同名主人公。帕斯捷尔纳克正式动笔写作《日瓦戈医生》，恰是在他完成《哈姆雷特》一剧的翻译之时。他对《哈姆雷特》的翻译无疑影响到了《日瓦戈医生》的写作，作为小说最后一章（第十七章）的日瓦戈的25首诗，第一首便以《哈姆雷特》为题：

喧闹静了。我走上舞台。

我倚着木头门框，

在遥远的回声中捕捉
我的世纪的未来声响。

夜色盯着我看，
像一千个聚焦的镜头。
我父亚伯，若有可能，
请免去这杯苦酒。

我喜爱你固执的意图，
也同意扮演这个角色。
此时却上演另一出戏，
请你这一回放过我。

可剧情已经设定，
结局也无法更替。
我孤身一人沉入虚伪。
度过一生，绝非走过一片田地。

在诗中，日瓦戈以哈姆雷特自比，不，更确切地说，是帕斯捷尔纳克在将日瓦戈比作哈姆雷特。这是一个悲剧英雄，因为他要在“另一出戏”中扮演他本不愿扮演的角色，他要违背自己的意志“沉入虚伪”。

在小说《日瓦戈医生》中，哈姆雷特的犹豫不决，哈姆雷特的无所适从，哈姆雷特的别无选择，都在日瓦戈身上有所体现。日瓦戈在两个阵营间来回摇摆，或曰不偏不倚；他在两个女人间举棋不定，或曰同时深爱着两个女人，而且，他也很爱他的最后一任妻子玛丽娜；他似乎一贯缺乏果敢的行动、坚强的意志和明确的目标；作为女婿、丈夫和父亲，他在动荡的岁月里未能给家人和亲人提供足够的庇护，最终妻儿被迫移居国外，情人也被自己的情敌带走。在小说中，日瓦戈的妻子托尼娅曾在给丈夫的告别信中这样谈到日瓦戈的“缺乏意志”：“而我是爱你的。唉，我是多么的爱你，你简直无法想象！我爱你身上的一切特别之处，一切好的和不好的特点，你所有那些平平常常的方面，可它们却非同寻常地合为一体，因此显得珍贵，我爱你那因为内在涵养而变得高尚的脸庞，若没有那内涵，你的脸庞或许并不显得英俊，我爱你的天赋和智慧，它们弥补了你完全欠缺的意志。”在谈到日瓦戈的性格时，人们常常会用到三个俄语单词，即безволие（优柔寡断）、бессилие（无能为力）和бездействие（无所作为），这似乎是一个被动的、消极的人物，也有人将他与高尔基笔下的萨姆金等形象并列，称他为“20世纪的多余人”。

然而，把日瓦戈的哈姆雷特性格置入他所处的那个动荡、激进的时代，这个形象的“积极”意义便凸显了出来。利哈乔夫指出：“这些摇摆不定所体现的并非日瓦戈的软弱，而是他的智性力量和道德力量。他的确缺乏意志，如果这意志指的就是那种毫不动摇地接受那些单一决定的能力，可他身上却有着一种精神上的决然，即不屈从于那些能够摆脱犹豫的单一决定之诱惑。”不随波逐流，不左右逢迎，更不助纣为虐，这就是日瓦戈在革命时代始终如一的姿态，于是，哈姆雷特提出的“做还是不做”的问题，在日瓦戈这里反倒有了答案，即“不做就是做”。

值得注意的是，帕斯捷尔纳克在译完《哈姆雷特》后所写的《莎士比亚戏剧翻译札记》（1946）一文中曾这样说道：“《哈姆雷特》不是一部表现优柔寡断的戏剧，而是一部表现责任和弃绝自我的戏剧。”“哈姆雷特是其时代的判官，是为确立生的真理和不朽而肩负的牺牲义务之体现。”日瓦戈的犹豫，像哈姆雷特一样，其实是一种尊崇使命、忠于责任的态度之体现；日瓦戈的无为，背衬着疯狂、残忍的时代，反倒显示出了比哈姆雷特更大的勇气，更多的人道主义力量。日瓦戈作为20世纪“俄国的哈姆雷特”，其立场和姿态或许就构成一种更加理智、更为合理的抗拒命运的方式。

文学中所谓“双重人”（двойник）的说法，最早源自陀思妥耶夫斯基发表于1846年的中篇小说《双重人》（又有《同貌人》《化身》《偶人》《孪生兄弟》《双重性格》《双重人格》等译法）。小说的主人公戈里亚德金是彼得堡官场的小人物，他相貌平平，心理也有问题，整日疑神疑鬼，提心吊胆，去参加上司家的晚会时笨手笨脚，当众出丑，结果被赶出门去。在夜晚的街头，他突然遇见一个陌生人，他惊慌地发现，这个陌生人长得和他一模一样，装束也完全相同，“这夜间的朋友，不是别人，正是他自己……是另一个戈里亚德金先生……是他地地道道的‘双重人’”。第二天，戈里亚德金赶去上班，却发现他的同貌人已坐在办公室里，坐在他对面的办公桌前，他还得知，这个“双重人”不仅与自己同貌，而且还同姓，也叫戈里亚德金，甚至连名字和父称也一致，都叫雅科夫·彼得罗维奇。同事们都认为他俩是孪生兄弟，于是他俩就分别成了大戈里亚德金和小戈里亚德金。大戈里亚德金请小戈里亚德金下班后去他那里做客，却发现小戈里亚德金的住址与自己的住址也一致。两人晚上一起喝酒，互诉衷肠：“我们俩，雅科夫·彼得罗维奇，要像鱼和水一样生活在一起，要像亲兄弟一样过日子。”可第二天到了办公室，小戈里亚德金却对大戈里亚德金百般羞辱，还抢走大戈里亚德金写好的文件去长官那里邀功。与大戈里亚德金不同，小戈里亚德金善于阿谀奉承，在办公厅里游刃有余，很快就赢得上级和同事的普遍好感，而大戈里亚德金却越来越受冷落和鄙视。两个戈里亚德金似乎构成鲜明的对照：一个忠厚老实，一个老奸巨猾；一个不时闹出笑话，一个处处如鱼得水。大戈里亚德金被这个恶魔一样的小戈里亚德金折磨得魂不守舍，惊恐万状，最终被医生带走，被送进疯人院。

这对双重人，貌同心不同，性格迥异，像两个不同性格的人长着相同的面貌，或者说，两副同样的面貌下隐藏着完全不同的性格。一个体现戈里亚德金的现实处境，一个象征戈里亚德金的理想状态；或者说，一个是真实的戈里亚德金，一个是戈里亚德金的幻觉或幻想。这部小说发表后，俄国批评家杜勃罗留波夫曾在《逆来顺受的人们》（1861）一文中写道：小说的主题就是一个懦弱的、缺乏意志的人的双重性，是他胆怯老实的行为能力与他玩弄阴谋的精神渴求之间的双重性，在这种双重性的重压下，他的理智最终难免崩溃。在杜勃罗留波夫的社会学批评之后，批评家们又陆续从心理学、弗洛伊德理论、存在主义、意识流等角度对陀思妥耶夫斯基的《双重人》进行阐释。也有人发现，陀思妥耶夫斯基笔下的双重人及其性格，其实源于果戈理的《狂人日记》和《鼻子》。但是，致力于用文学手段破解“人的秘密”的陀思妥耶夫斯基，毕竟是塑造双重人最为用力、最为持久的作家，他之后的许多小说人物，从《地下室手记》的主人公到《罪与罚》中的拉斯科尔尼科夫，从《群魔》中的“革命党人”到“卡拉马佐夫兄弟”，都是程度不等的双重人，所谓悖论性格也就成了陀思妥耶夫斯基笔下主人公的主要特征。

陀思妥耶夫斯基笔下的双重人，既是他用来再现生活、隐喻现实的一种策略，是他在人物形象塑造方面的一种美学手段，同时也可能是他自我意识的一种投射。巴赫金在《陀思妥耶夫斯基诗学问题》（1929年初版，1963年修订再版）一书中对陀思妥耶夫斯基的创作进行了深入、独到的剖析，他选取的主要突破口就是作者与主人公的关系问题。在巴赫金看来，文学作品中的人物通常都是其作者的创造物，无论是作者想象的结晶还是思想的传声筒，是作者理想的化身还是嘲讽的对象，皆为任凭作者摆布的木偶，可是在陀思妥耶夫斯基这里，作者和主人公的关系却发生重大变异，作为作者的陀思妥耶夫斯基似乎难以控制（或是有意不愿控制）其笔下人物，其结果是，主人公与作者在小说中平起平坐，相互之间形成复杂的对话关系，主人公的声音与作者的声音相互交织，便构成所谓复调小说结构。巴赫金的这一天才发现表明，作者与其主人公也有可能构成某种互文关系，成为一对双重人。任何一部文学作品中的主人公，其实或多或少都有其作者的影子，因为主人公的所作所为都是作者精心设置的，他的每一句话都是作者道出的，就这一意义而言，每一位主人公，至少是每一位我们所言的“正面主人公”，都是其作者的自画像。布罗茨基曾在1990年写作的一篇文章中，把诗人的情感投射对象称作“第二自我”（altra ego）。

世界文学中那些著名的主人公，其性格大多是复杂多面的，他们都是程度不等的双重人；在文学作品中，作家们还往往会为这些主人公设置各种镜像般的人物对应关系；而就作者与其主人公的关系而言，文学形象则时常就是其创作者的第二自我。如此说来，所谓“双重人”便成了文学中随处可见的存在。

《堂吉诃德》与笑文学

17世纪的西班牙国王腓力三世，一日在阳台上看见下方有个学生模样的人一边读书一边狂笑，便断定这个学生要么是疯子，要么在读《堂吉诃德》，他让手下的人去一探究竟，结果表明，那学生果然在读《堂吉诃德》。后来，西班牙便有了这样一句俗语："谁在那边笑得直不起腰来，他一准在读《堂吉诃德》。"《堂吉诃德》是一本有趣的书，能引人发笑的书，是一部不朽的笑文学作品。

所谓"笑文学"（смеховая литература），是从巴赫金等俄国学者提出的"笑文化"（смеховая культура）概念中引申出的一个说法，用以概括一种由来已久、普遍存在的文学类型。巴赫金的"笑文化"理论认为，笑不仅是一种生理反应，也是一种社会现象；不仅是一种情感表达，也是一种对话方式；不仅是一种人际沟通手段，也是一个审美范畴。笑文学无疑是笑文化的最重要构成之一，它包含喜剧、笑话、幽默故事、讽刺作品等诸多体裁，是最悠久、最常见的文学类型之一，幽默、夸张、滑稽、怪诞、戏拟、诙谐、嘲讽、双关等都是其常用的修辞手法。作为一种亚文化门类的笑文学具有如下一些基本特征：首先是民间性，这既是就笑文学的起源而言，亦指它的“底层”属性。其次是狂欢化，笑是欢乐的，甚至是疯狂的，而狂欢化则被巴赫金解释为艺术诉诸现实的主要方式之一，也是艺术的主要实质和目的之一。最后是讽喻性，笑文学如同任何一种文学一样，其中往往也暗含着某种教益作用，正所谓“寓教于乐”。笑文学的所有这些特征、手法和属性，我们在塞万提斯的《堂吉诃德》中都可以发见。

《堂吉诃德》写的是主人公“愁容骑士”堂吉诃德三次出门征战时所经历的种种奇遇。堂吉诃德是西班牙拉·曼却地区一个村里的五旬乡绅，他痴迷于阅读骑士小说，终于忍不住要模仿骑士小说中的人物，前去锄强扶弱，维护公平和正义。他披挂上一副破旧的铠甲，手持一杆长矛枪，骑着家中那匹瘦弱的老马，将这匹马命名为“驽骍难得”（Rocinante），并自称“堂吉诃德·台·拉·曼却骑士”。骑士小说中的骑士均有一位美丽的公主做意中人，堂吉诃德也选中邻村的养猪女杜尔西内娅作为崇拜对象和守护女神。首次出征，他在傍晚来到一家客栈，将客栈视为需要守卫的城堡，并请店主将他封为骑士，店主用账本代替《圣经》，请妓女为他授剑。终于如愿成为骑士的堂吉诃德次日勇敢地挑战一个商队，却被打伤，后被前来寻他的两名同乡即神父和理发师带回家中。不甘寂寞的堂吉诃德不久又再次披挂出征，此番还带上同乡村民桑丘·潘沙做侍从。桑丘认为随堂吉诃德出征或许有利可图，甚至能如堂吉诃德许诺的那样当上“海岛总督”，于是骑上一头灰驴随骑士主人四处冒险。主仆两人，一高一矮，一瘦一胖，一马一驴，一唱一和，亦庄亦谐，共同上演了一场又一场荒诞剧，如大战风车、羊群大战、夺取铜盆、释放犯人、黑山奇遇、刺破酒囊、直面狮子、做客公爵家等等。最后一次，在家休养了一个月的堂吉诃德又约上桑丘出征，同乡学士加尔拉斯果试图引堂吉诃德回家，他装扮成白月骑士，与堂吉诃德大战，条件是堂吉诃德若战败就要回家休整一年。堂吉诃德可悲地战败，作为骑士的他不能不信守诺言，于是返回家乡。在生命的最后一年，堂吉诃德幡然悔悟，意识到自己并非骑士堂吉诃德，而只是善人阿隆索·吉哈诺。他在去世前立下三条遗嘱：一是过去付给桑丘的钱不用再算细账，多少全归桑丘；二是遗产赠与外甥女，前提是她不能嫁给一个读过骑士文学的人；三是向以他为题材写作故事的作者致歉，“他写那部荒谬绝伦的书，虽然没有受我委托，究竟还是为了我，我到死还觉得对他不起”。

《堂吉诃德》的故事之可笑，就在于故事中的人物，尤其是主人公堂吉诃德及其侍从桑丘这两个形象之可笑，而这两个主要人物之可笑，则在于他们的行为、语言和性格逻辑。堂吉诃德的理想脱离现实，他的行为荒诞不经，他的话语疯疯癫癫。小说上卷第八章写到的堂吉诃德与风车的搏战，是表现他的可笑举止的最著名段落：

> 他一面说，一面踢着坐骑冲出去。他侍从桑丘大喊说，他前去冲杀的明明是风车，不是巨人；他满不理会，横着念头那是巨人，既没听见桑丘叫喊，跑近了也没看清是什么东西，只顾往前冲，嘴里嚷道：
>
> “你们这伙没胆量的下流东西！不要跑！前来跟你们厮杀的只是个单枪匹马的骑士！”
>
> 这时微微刮起一阵风，转动了那些庞大的翅翼。堂吉诃德见了说：
>
> “即使你们挥舞的胳膊比巨人布利亚瑞欧的还多，我也要和你们见个高下！”
>
> 他说罢一片虔诚向他那位杜尔西内娅小姐祷告一番，求她在这个紧要关头保佑自己，然后把盾牌遮稳身体，托定长枪飞马向第一架风车冲杀上去。他一枪刺中了风车的

翅膀；翅膀在风里转得正猛，把长枪迸做几段，一股劲把堂吉诃德连人带马直扫出去；堂吉诃德滚翻在地，狼狈不堪。桑丘·潘沙攒驴来救，跑近一看，他已经不能动弹，驽骍难得把他摔得太厉害了。

桑丘说："天啊！我不是跟您说了吗，仔细着点儿，那不过是风车。除非自己的脑袋里有风车打转儿，谁还不知道这是风车呢？"

堂吉诃德答道："甭说了，桑丘朋友，打仗的胜败最拿不稳。看来把我的书连带书房一起抢走的弗瑞斯冬法师对我冤仇很深，一定是他把巨人变成风车，来剥夺我胜利的光荣。可是到头来，他的邪法毕竟敌不过我这把剑的锋芒。"（杨绛译文）

在这一场景中，堂吉诃德的勇敢和坚韧，他的执迷和癫狂，他对杜尔西内娅的膜拜，他与桑丘的对话，都让人忍俊不禁。但是在笑过之后，甚至在笑的同时，我们内心一定会对堂吉诃德产生深深的同情。《堂吉诃德》的读者往往会上其作者塞万提斯的当，把堂吉诃德的种种可笑行为归结为他因阅读骑士小说而走火入魔，归结为他的妄想症和疯癫病。其实，堂吉诃德在一个骑士风尚已经消逝的时代继续扮演神圣的骑士角色，他与其所处的时空环境的错位，便是他的行为之滑稽的主

堂吉诃德大战风车

约翰·道尔　绘

（John Doyle，1797—1868）

要原因，即书中所言：“两种愿望一样痴愚：或者要当前再回到过去，或者未来马上在目前实现。”然而，恰恰因为堂吉诃德在一个没有理想的时代坚守理想，并不因外界的变故而改变自己的初衷，这便凸显出了他的理想主义甚至英雄主义气概，他的可笑因此可敬。

《堂吉诃德》中的笑是巴赫金所谓“狂欢化的笑”，具有强大的解构功能。在《弗朗索瓦·拉伯雷的创作与中世纪和文艺复兴时期的民间文化》一书中，巴赫金这样谈及“狂欢化的笑的复杂本质”：“它首先是节庆的诙谐。所以，它不是对某一单独（个别）‘可笑’现象的个体反应。狂欢式的笑，第一，它是全民的（上面我们已经说过，全民性是狂欢节的本质特征），大家都笑，‘大众的’笑；第二，它是包罗万象的，它针对一切事物和人（包括狂欢节的参加者），整个世界看起来都是可笑的，都可以从笑的角度，从它可笑的相对性来感受和理解；第三，即最后，这种笑是双重性的：它既是欢乐的、兴奋的，同时也是讥笑的、冷嘲热讽的，它既否定又肯定，既埋葬又再生。这就是狂欢式的笑。”《堂吉诃德》中的笑是“全民的”，小说所嘲讽的对象显然不仅仅是已经过气的骑士小说和骑士风尚，而且还有当时的社会现实；《堂吉诃德》中的笑是无处不在的，其中每个人物都带有程度不等的漫画色彩，大家插科打谑，相互捉弄，因此，“整个世界看起来都是可笑的”；《堂吉诃德》中的笑更是双重性的，既否定又肯定。文学史上的经典作品，都或多或少同时兼具某种解构和建构功能，即打碎某种程式，开辟新的潮流。在《堂吉诃德》中，塞万提斯就解构了骑士文学，建构起崭新的笑文学，此书一出，欧洲的骑士文学风尚顿时寿终正寝。与此同时，塞万提斯也在《堂吉诃德》中用滑稽解构崇高，用戏谑消解规范，体现出一种强烈的民间立场和草根精神。塞万提斯生在一个穷医生家庭，虽从军出国征战多年，在战斗中左手伤残，后又被海盗掳走，为奴五年，回国后却始终未能赢得体面的社会地位；他虽写下众多杰出的诗文和剧作，却直到去世也未能在文坛成名。相反，身为军需官和税务官的塞万提斯，却因为账目问题多次被捕入狱，据说，《堂吉诃德》的写作就始于塞维利亚的一座监狱。这样的人生经历也在一定程度上决定了塞万提斯写作的民间立场以及随之而来的狂欢化精神。

《堂吉诃德》中的笑料，在大多数场合均与其两个主要人物堂吉诃德和桑丘相关。堂吉诃德是个疯子，是个狂人，而文学作品中的疯癫往往是与滑稽相伴相生的。顺便说一句，鲁迅对《堂吉诃德》十分推崇，有学者认为其小说《阿Q正传》中的主人公借用了堂吉诃德姓氏“Quixote”的首字母作为代号。

堂吉诃德时而清醒，时而疯癫，只要不与骑士和骑士小说沾边，他就是一个正常人。这个形象体现出强烈的悖论性格，愚蠢和博学、荒唐和严肃、无能和勇敢等并存在他身上，这样的矛盾性格注定会导致一系列令人啼笑皆非的外在结果。在外貌和行为上与堂吉诃德构成鲜明对比的桑丘，在性格上却与堂吉诃德既同中有异，又异中有同，他既是堂吉诃德的对比，也是堂吉诃德的陪衬。桑丘目不识丁，却十分精明，时刻不忘谋求现实利益；他头脑简单，却不无狡黠，在担任“总督”时居然表现得十分“称职”。如果说堂吉诃德是聪明的傻瓜，桑丘就是傻瓜中的聪明人；如果说堂吉诃德是脱离现实的理想主义者，桑丘就是投机未来的功利主义者；如果说堂吉诃德是有理性的疯子，桑丘就是缺乏理性的正常人。法国作家法朗士曾说：“我们每人心里都有一个堂吉诃德，一个桑丘·潘沙；我们听从的是桑丘，但我们敬佩的却是堂吉诃德。”值得注意的是，随着小说情节的发展，主仆二人的性格似乎开始出现某种相反的变化，堂吉诃德逐渐变得清醒，而桑丘却越来越“入戏”了。

康德这样定义“笑”：“期待突然以空无所得而化解，便引发出笑。”斯宾塞持相近看法：“笑标志着努力归于空无所得。”三次出征后返回家乡的堂吉诃德，最终一无所获，郁郁而终，

堂吉诃德和桑丘·潘沙

奥诺雷·杜米埃　绘

（Honoré Daumier，1808—1879）

甚至还在临终时彻底放弃了自己的骑士理想。但是，堂吉诃德是一个失败者吗？“空无所得”的堂吉诃德真的就那么可笑吗？19世纪的浪漫主义作家即已读出了堂吉诃德这个喜剧人物身上的悲剧意味。拜伦说：“《堂吉诃德》是一个令人伤感的故事，它越是令人发笑，则越使人感到难过。这位英雄是主持正义的，制服坏人是他的唯一宗旨。正是那些美德使他发了疯。”《堂吉诃德》的最大特点，就是用喜剧的方式体现悲剧的精神，从而使滑稽的叙事产生出悲剧的净化效果。英国作家约翰逊说：“堂吉诃德的失望招得我们又笑他，又怜他。我们可怜他的时候，会想到自己的失望；我们笑他的时候，自己心上明白，他并不比我们更可笑。”约翰逊的话会使我们联想到果戈理的喜剧《钦差大臣》中的著名台词：“你们笑什么？你们是在笑你们自己！”无论如何，理想的终难实现，就是人类永恒的悲剧主题。

《堂吉诃德》的喜剧效果也与其作者塞万提斯戏谑、亲昵的写作姿态相关。《堂吉诃德》采用小说套小说的叙事策略，作者不断地进出文本，或假托小说译自一位名叫熙德·阿梅德·贝南黑利的摩尔人的阿拉伯语作品，或煞有介事地点评小说自身，或在小说中穿插进其他文本。塞万提斯在小说的开头开玩笑地说道：“我呢，虽然好像是《堂吉诃德》的爸爸，却是个后爹。”在小说中，作者时不时地中断叙事，亲自出面与读者“闲聊”几句，套套近乎，或打趣自己笔下的人物。有许多研究《堂吉诃德》的学者注意到塞万提斯与其塑造的主人公堂吉诃德之间的关系，其中有人更是断定堂吉诃德就是塞万提斯的“自画像”。每个文学主人公的身上或多或少都有其作者的影子，这原本不足为奇，因为每个主人公都是其创造者的思想、情感、体验和经历等综合投射的结果。塞万提斯作战勇敢，在堂吉诃德的奋不顾身中应该有作者本人亲身体验的再现；塞万提斯自己的被俘经历，也被他改头换面地写进了小说；小说中关于史诗、戏剧和诗歌的那些大段宏论，无疑更是作者本人文艺观的直接表达。《堂吉诃德》的中译者杨绛就认为，塞万提斯把自己的思想、经历、情感等都分了一些给堂吉诃德。但是，塞万提斯在小说中亲自现身，其主要目的可能仍在于营造一个真真假假的氛围，一种虚虚实实的效果，说到底，还是为了制造戏谑的效果。堂吉诃德与其说是塞万提斯的一幅漫画式的自画像，不如说是塞万提斯戴上的一副具有嘲笑和自嘲性质的作家面具。在堂吉诃德和桑丘等人合力上演的滑稽剧中，我们似能窥见塞万提斯隐藏在他这副作家面具背后的机智、得意的笑面。

1860年，屠格涅夫做了一次题为《哈姆雷特与堂吉诃德》

的演讲，在演讲中他将哈姆雷特与堂吉诃德做比对，给出一些颇具颠覆性的看法。屠格涅夫发现了一些惊人的“巧合”：《堂吉诃德》第一部和《哈姆雷特》几乎同时面世，即17世纪初；两部作品都塑造了一个“疯人”；两位作者死于同一天，即1616年4月23日。这些巧合使得屠格涅夫更有理由去展开他的对比，结果他发现：哈姆雷特是一个利己主义者，堂吉诃德则是一个富有崇高的自我牺牲精神的人；哈姆雷特缺乏理想，堂吉诃德则是一个忠于信仰和理想的人；哈姆雷特是个怀疑论者，他冷嘲热讽，堂吉诃德则古道热肠，充满面对世界的热情；哈姆雷特不会爱，就连他对奥菲利娅的爱在本质上也是自私的，他假装成爱的样子，而且漫不经心地假装，而堂吉诃德的爱则是无边无际的，他爱实际上并不出众的杜尔西内娅，爱上自己的创造物，愿意为她去死，他爱得纯洁而又高尚；哈姆雷特代表一种北方人的精神，即反省和分析的精神，而堂吉诃德则象征南方人的精神，即体验和感受的精神；塑造出哈姆雷特形象的莎士比亚就像一个神，他“从一切地方、从天空和大地择取他那些形象”，“没有什么能逃脱他洞察一切的目光”，“他攫取这些人物，带着一种不可抗拒的力量，就像一只扑向猎物的鹰”，而“塞万提斯却温柔地把他为数不多的人物领到读者面前，就像父亲领着自己的孩子”，其结果是，莎士比亚的作品就像“浑浊的大海”，塞万提斯的作品则是“平静的河流”。

值得注意的是，屠格涅夫对这两个形象所做的对比也是与笑关联在一起的，他认为堂吉诃德的形象是以滑稽形式表现出的崇高，他认为堂吉诃德的可笑与他的可亲相辅相成：“我们在说‘堂吉诃德’这个词时经常指的是一个小丑，在我们大脑里，‘堂吉诃德气质’这个词与‘荒唐’一 词意义相同，然而，我们应该承认堂吉诃德气质里有着崇高的自我牺牲因素，只不过是具有滑稽色彩的崇高因素。”“我们应当意识到，堂吉诃德相当可笑。他的形象几乎是一位诗人得以描绘出的最可笑形象。他的名字甚至成了俄国农夫口中的可笑绰号。我们可以根据亲耳所闻确信这一点。一想到他，我们脑中便会出现一个瘦骨嶙峋、鹰钩鼻子的人物，他身披滑稽的铠甲，骑着一匹骨瘦如柴的驽马，那匹可怜的、永远吃不饱的、处处挨打的驽骍难得，它注定要经受既滑稽又感人的命运。堂吉诃德固然可笑……但这笑声里有一种调和的力量，弥补的力量，如果说‘你所笑之事，即你所侍奉之事’这句话还有点道理，那么就可以再加上一句：你所笑之人，即你已宽恕之人，甚至你打算去爱之人。”

《堂吉诃德》中的笑感染了屠格涅夫，感动了屠格涅夫，使他也变得宽容起来，使他进而更宽容地意识到：“这两种类型体现着人类天性的两个根深蒂固、相互矛盾的特性，即人类天性赖以转动的轴的两端。我们觉得，所有人都程度不等地属于这两个类型中的一种；我们每个人都要么接近堂吉诃德，要么接近哈姆雷特。的确，在当下，哈姆雷特要比堂吉诃德多得多，但堂吉诃德也没绝迹。”“堂吉诃德们在寻找，而哈姆雷特们在分析。可是人们会问我们，哈姆雷特们什么都怀疑，什么都不相信，又如何能进行分析呢？对此我们回答道：根据大自然的聪明安排，完完全全的哈姆雷特并不存在，一如完完全全的堂吉诃德也不存在，这只是两种倾向的极端表现，是诗人们在两条不同道路上竖立的路标。生活奔向这两个极端，却永远无法抵达。不应忘记，在哈姆雷特身上，分析的原则最终导致悲剧，在堂吉诃德身上，热情的原则最终导致喜剧，而在生活中，完完全全的喜剧和完完全全的悲剧却很难遇见。”

而在纳博科夫看来，《堂吉诃德》中的笑却是残忍的。1951—1952年间，纳博科夫曾在哈佛大学给学生讲解《堂吉诃德》，他的六篇讲稿后被人编成《〈堂吉诃德〉讲稿》（*Lectures on Don Quixote*）一书。总体而言，纳博科夫对《堂吉诃德》评价不高：“《堂吉诃德》曾被称为有史以来最杰出的小说，这当然是胡说八道。实际上，甚至无法说它是世界上最杰出的小说之一。但是，这部小说的主人公之独特的性格却是塞万提斯的天才创造，因为这个人物，这个骑在一匹瘦马背上的瘦削巨人，他如此奇妙地在隐约间矗立于文学的地平线上，这部书便存活下来，并将继续存活下去。”

如果说纳博科夫所谓“堂吉诃德这个人物挽救了《堂吉诃德》这部小说”的说法还值得商榷的话，那么，他关于这部小说的笑是建立在残忍和欺骗的基础上的这一观点则发人深省。在纳博科夫看来，《堂吉诃德》的情节基础就是三个大骗局，即桑丘对堂吉诃德编造的关于杜尔西内娅的故事，堂吉诃德的乡亲们设计出的镜子骑士（白月骑士）与堂吉诃德的决斗，以及公爵和公爵夫人对堂吉诃德和桑丘的“款待”。这三个骗局是全书笑料的主要来源，但它们却是无比残忍的，所针对的都是堂吉诃德最珍视的理想，即最崇高的爱情幻想、最神圣的骑士道和最明确的出征抱负。书中充斥着各种针对堂吉诃德和桑丘的恶作剧，所有人物几乎都参与了对他们两人的戏弄和折磨，甚至肉体伤害。公爵夫妇精心设计了一个又一个骗局，如让桑丘如愿以偿地成为陆地“海岛”的总督，让堂吉诃德主仆乘木马飞翔，把众多的铃铛和猫放进堂吉诃德的房间以制造恶魔来袭的效果，等等，他们在戏耍堂吉诃德主仆的过程中获得了巨大满足。

在小说中，堂吉诃德和桑丘一次又一次地被打得满脸挂彩，皮开肉绽，甚至连前来解救堂吉诃德的乡亲们，即神父、理发师和学士加尔拉斯果，也会亲自动手殴打他俩，或幸灾乐祸地看着他俩相互争执，见主仆两人最终没打起来，他们竟然还觉得有些遗憾。读到这些细节和场景，纳博科夫不无义愤地写道："在过去，《堂吉诃德》的读者读了小说的每一章都会笑痛肚子，可是，这个现象对于现代读者而言是令人难以置信的，因为他们觉得这本书的幽默所蕴含的意义是非常残酷的。"在全书的最后，纳博科夫又不无温情地说道："我们的面前出现一个有趣的现象：一个文学作品中的人物逐渐与产生这个人物的书脱离了关系；他离开他的祖国，离开了他的创作者的书桌，在游历了西班牙之后又来游历世界。如此一来，堂吉诃德比塞万提斯构思的时候要伟大得多。350年来，他穿越了人类思想的丛林与冻土带，他的活力更加充沛，他的形象更加高大。我们已不再嘲笑他了。他的纹章是怜悯，他的口号是美。他代表一切的温和、可怜、纯洁、无私和侠义。这诙谐的模仿已成为杰出的典范。"

《堂吉诃德》中的笑也与中国相关。在《堂吉诃德》第二部于1615年出版时，塞万提斯在为小说所写的《献辞》中开了这样一个玩笑：

> 因此四方各地都催着我把堂吉诃德送去，好抵消那家伙的影响。最急着等堂吉诃德去的是中国的大皇帝。他一

> 月前特派专人送来一封中文信，要求我——或者竟可说是恳求我把堂吉诃德送到中国去，他要建立一所西班牙语文学院，打算用堂吉诃德的故事做课本；还说要请我去做院长。我问那钦差，中国皇帝陛下有没有托他送我盘费。他说压根儿没想到这层。
>
> 我说："那么，老哥，你还是一天走一二十哩瓦，或者还照你奉使前来的行程回你的中国去吧。我身体不好，没力气走这么迢迢长路。况且我不但是病人，还是个穷人。他做他的帝王，我自有伟大的雷莫斯伯爵在拿坡黎斯，他老人家不用给我区区学院头衔或院长职位，也在赡养我，庇护我，给我以始愿不及的恩赐。"（杨绛译文）

塞万提斯在写下这段文字时绝对想不到，他的小说《堂吉诃德》后来果然来到了中国，如今甚至已拥有数十种汉译本。更为奇特的是，在21世纪，有人又呼应他当年的玩笑，假戏真做，让他的《堂吉诃德》不仅东来，而且西去，让他的戏言成为预言。2021年4月22日，在塞万提斯去世405周年纪念日的前一天，北京的塞万提斯学院（塞万提斯关于"建立一所西班牙语文学院"的想象也居然成真！）与商务印书馆联袂举办一场新书发布会，推出《魔侠传》汉西双语版。1922年，不懂外文的林纾根据别人的口译编写出译本，并取名《魔侠传》，这是《堂吉诃德》的第一种汉译。99年之后，西班牙汉学家雷林克（Alicia Relinque）又将这个中文译本再译回西班牙文。中西两国的翻译家们似乎受到了塞万提斯（林纾译作“西万提司”）的笑精神的感染，自愿担当堂吉诃德的侍从，陪伴他走过“迢迢长路”来到中国，然后再从中国返回西班牙。

出版于17世纪初的《堂吉诃德》为西方的笑文学传统奠定了基石，并仰仗其中的笑元素对后世的文学创作产生了深远影响。在19世纪，《堂吉诃德》中“可笑的”主人公形象被德国浪漫派解读为“悲剧英雄”，这部风格独特的小说及其主人公从而成为欧洲浪漫主义文学运动的重要资源之一，而稍后兴起的现实主义小说创作潮流，也在小说叙事的结构、调性和风格等方面自《堂吉诃德》的作者处获益甚多。在20世纪，《堂吉诃德》的文学影响至少在两个方面有着显著体现：《堂吉诃德》别具一格的荒诞叙事在促成拉美“文学爆炸”的魔幻现实主义写作中得到了继承和发展，而塞万提斯构造的“作者面具”也在纳博科夫、博尔赫斯等小说大师的“元小说”（metafiction/метароман）实验中被再度使用。《堂吉诃德》是一部影响深远的名著，《堂吉诃德》中的笑也具有经久不衰的文学建构功能。

浮士德与梅菲斯特

浮士德（Faust）和梅菲斯特（Mephisto）是歌德的诗剧《浮士德》中的两个主角，这两个人物就像两根高大的圆柱，支撑起体量庞大、结构复杂的史诗巨著《浮士德》。

浮士德的形象源于德国16世纪的民间传说。据史料记载，历史上确实有过一个名叫浮士德的人，他生活在16世纪初，是一位天文学家和数学家，也是一个江湖医生和吹牛大王，他博学多才，通古识今，无所不能，人们因此认为他可能暗中得到了魔鬼的帮助。这些传说后来被人记录下来，进入文学作品，早在1587年，德国就出现了一本题为《浮士德博士的故事》的书，叙述浮士德与魔鬼交易、漫游世界、享尽欢乐、最终死于魔鬼之手的故事。到歌德写作《浮士德》时，欧洲已有很多浮士德题材的故事和戏剧。而梅菲斯特就是圣经传说中的魔鬼，

“梅菲斯特”这个称谓虽然并未在《圣经》中出现，但“魔鬼”“撒旦”“堕落的天使”等无疑都是他的别称。在读了歌德的《浮士德》之后，我们不难看出，歌德对这两个人物形象都进行了重大加工和改造，在他们身上添加上新的性格内涵和行为逻辑。

《浮士德》用诗剧形式写成，全书共有12111行，堪称鸿篇巨制。这是一部超题材、超体裁的作品：从内容看，它包罗万象，博大精深，熔哲学、神学、文学、艺术等于一炉；从形式看，它集诗歌、音乐和戏剧等于一体，把叙事诗、抒情诗、民谣、合唱、古希腊悲剧、中世纪神秘剧、巴洛克寓言剧等体裁因素合成起来，并几乎采用了西方诗歌的所有格律形式。可以说，《浮士德》既是人类智慧的合成体，又是人类关于自身的庄严颂歌，同时也是人类文学艺术形式的集大成者。在欧洲，有人将《浮士德》与荷马的史诗、但丁的《神曲》、莎士比亚的《哈姆雷特》和塞万提斯的《堂吉诃德》并称为五大古典名著。

作为这样一部思想深刻、形式复杂的文学作品的主角，浮士德和梅菲斯特就注定要成为那种“全能型”的主人公：他们是哲学家和神学家，因为他们需要不断地思辨、争论和阐释；他们是诗人和艺术家，因为他们需要一直用诗人的语言来说话，用歌手的声音来歌唱；他们是科学家和幻想家，因为他们不仅要在浮士德的书斋和浮士德的学生瓦格纳的实验室里工作，还要穿越时空回到古希腊，去与作为美的幻想之象征的海伦相遇；他们是政治家和实践者，因为他们曾辅佐朝廷，最后还在浮士德获得的海边领地上进行改造自然的壮举。如此一来，浮士德和梅菲斯特也像他们的塑造者一样，都成了“百科全书式的人物”。更为重要的是，这两个人物在他们相互交往的过程中还在不断地“取长补短”，梅菲斯特在陪伴浮士德的过程中获得了更多的知识和思想，而浮士德则因为梅菲斯特获得了上天入地、穿越古今的魔力，获得了观察生活的新角度和新体悟。这两个人物相互借鉴，相得益彰，随着《浮士德》的叙事推进，他们都与故事情节一同逐渐丰满起来，最终步入人类文学史上最为丰富、最为深刻的文学形象的行列。

《浮士德》的故事情节建立在两个赌约的基础上：一是天主（即上帝）和梅菲斯特的赌约，赌的是人的进取心，是人类的本质和可能性；一是梅菲斯特和浮士德的赌约，赌的是浮士德的灵魂，即人是否会因为种种物质诱惑和现实利益而出卖灵魂。

在全书开头部分的《天堂序曲》一章中，天主与魔鬼梅菲斯特就人类的本质问题产生争执：天主相信人的向善本性，对人类的未来充满乐观的信念，坚信人类具有永远向上的进取精神；梅菲斯特则认为人间糟糕透顶，人在本质上是卑鄙的，任何诱惑都足以使他们步入歧途。于是，他俩决定用浮士德来打赌：

梅菲斯特 您赌点什么？您肯定会输掉，如果您允许我把他慢慢引上我的大道！

天主 只要他活在人世间，你要试一试我不阻拦。人只要努力，犯错误总归难免。

梅菲斯特 那就谢您了；因为我从不愿同死人纠缠。我最爱丰满鲜嫩的颜面。我不会在家里接待一具尸骸；它之于我，犹如老鼠见猫一般。

天主 好吧，随你去吧！去诱引那个灵魂脱离他的源头，只要你抓得住他，就把他随身拽上你的歧途，到你不得不交待的时候，你就会含羞带愧地承认：一个善人即使在他的黑暗的冲动中，也会觉悟到正确的道路。（绿原译文）

得到天主的首肯后，梅菲斯特便降至凡界，变成一条鬈毛狗钻进浮士德博士的书斋，与浮士德签下了这部诗剧中的第二个赌约：

梅菲斯特 在这个意义上，你不妨冒冒险。签个契约吧！这几天你尽可高高兴兴，领略一下我的法术，我要让你见人之所未见。

浮士德 你这可怜的魔鬼又会给人什么——一个人的精神在高尚奋发之际，又几曾被你们这些家伙理解过？你可有让人吃不饱的食品？你可有像水银一样不停地从你手中流走的赤金？可有一场从来赢不了的赌博？可有一个在我的怀里山盟海誓，同时向邻人频送秋波的情人？可有美妙极乐像流星一样消逝的荣誉？让我看看什么果实还没有采摘就腐烂了，看看什么树木每天重新发青！

梅菲斯特 这样一张订单吓我不倒，我正可以拿这些财宝来为你效劳。可是，好朋友，我们把安静当作美餐品尝的时辰也快到了。

浮士德 如果我安静下来，游手好闲，虚度时光，那就让我马上完蛋！如果你能谄媚我，诳骗我，使我自得其乐，如果你能用享乐把我哄弄——那就算我的末日来临！我争这个输赢！

梅菲斯特 一言为定！

浮士德 奉陪到底！如果我对某个瞬间说：停留一下吧，你多么美呀！那么你就可以把我锛起来，我心甘情愿走向毁灭！那么，就让丧钟敲响，让你解除职务，让时钟

停止，指针下垂，让我的时辰就此完结！（绿原译文）

其实，这两个赌约为同一个赌局，因为其中都有梅菲斯特参与，也都赌的是浮士德，赌的是浮士德的灵魂。在浮士德的有生之年，梅菲斯特愿听浮士德差遣，满足浮士德的一切愿望，条件是浮士德死后，灵魂归梅菲斯特所有。梅菲斯特现身之时，浮士德正处于对知识和生活失去兴趣、急于开始新的尝试之际，他于是答应了梅菲斯特的条件。那么，这个赌局的最终结果如何呢？换句话说，在这场赌局中到底谁输谁赢了呢？

浮士德看上去是输了，因为在诗剧接近结束的第二部第五幕的《宫中宽广的前厅》一场中，他毕竟道出了“停留一下吧，你多么美呀！”这句话，说完这句话后，浮士德就倒地而亡，他的灵魂也就落到了梅菲斯特手中。但是，浮士德绝非简简单单的输家，因为他呼吁其停下的那个美妙瞬间，并非他个人幸福的顶点，却是他在感受到为人类造福的壮举之伟大时发出的由衷感慨；而且，道出这声感慨时的浮士德已经100岁，他双目失明，错把为他挖掘坟墓的声响当成了挖土开河的劳动喧嚣，他的感叹其实出自他的错觉。总之，他最终道出那句话，并非是梅菲斯特诱惑的结果，而是浮士德本人发自内心的自我认同。歌德这样的安排，大约就是在一定程度上解构浮士德的最终失败，让人感觉到浮士德虽败犹荣，明输暗赢，因为

浮士德与梅菲斯特订立契约
约瑟夫·黑根巴特　绘
(Josef Hegenbarth，1884—1962)

他的内心始终是不屈的，他的意志始终是顽强的。

梅菲斯特看上去是赢了，他经过长时间的引诱和期待，终于等来他想要的结果。但是，在浮士德倒地时，梅菲斯特似乎已生出恻隐之心，他说道：“任何喜悦、任何幸运都不能使他满足，他把变幻无常的形象一味追求；这最后的、糟糕的、空虚的瞬间，可怜人也想把它抓到手。他如此顽强地同我对抗，时间变成了主人，老人倒在这里沙滩上。时钟停止了——”他赢得了浮士德的灵魂，却开始钦佩浮士德的精神，赢家和输家的位置因此便开始相互转换了。更何况，他的“战利品”很快便被夺走：“天使们升天，带走浮士德的不朽的部分。”与浮士德相反，梅菲斯特看似赢了，却是输家。

同样，天主也既是输家又是赢家。他输给了梅菲斯特，因为浮士德终被梅菲斯特所诱惑，而且，天主还是一个不诚实的赌家，他并未信守诺言，最后派天使从梅菲斯特手中抢走浮士德的灵魂，让其升入天堂。但是，天主这样行事自然有着他的逻辑，他的逻辑也就是歌德本人的逻辑，即浮士德最终并未放弃追寻和求索，他在历经种种诱惑和磨难后依然保持执着的进取心、崇高的爱的力量和不懈的创造精神，这说明天主起初关于人类的基本判断是正确的。浮士德的灵魂最终升入天堂，就是对人类的赞美，对人类的奋斗精神的讴歌。这场赌局，原本就是天主利用梅菲斯特对浮士德进行的一场试探，就是他针对人和人类的一次道德测试和精神检阅，最终，获胜的是天主对于人和人类的信心。

浮士德与梅菲斯特也构成一种主仆关系，一如《西游记》中的唐僧师徒、《堂吉诃德》中的堂吉诃德和桑丘等。在赌约达成之后，梅菲斯特就成了浮士德的助手、旅伴和仆人，可换一个角度看，他又是浮士德的导师、引路人和守护者，他们之间的关系是复杂的，谁主谁仆其实很难确定。他们的行程历时数十年，足迹遍及皇宫和贫民区、书斋和监狱、人间和地狱、山谷和海洋，甚至古希腊，他们的行程就是浮士德思想求索之路的外化和象征，而梅菲斯特的陪伴始终，就是为了与浮士德的形象构成呼应，形成互动，就是为了和浮士德的精神构成对话关系，形成复调结构。

《浮士德》全剧分为上下两部，分别描述浮士德和梅菲斯特在两个世界——“小世界”和“大世界”的求索历程，在这一过程中，浮士德先后经历了五大悲剧，这五大悲剧其实就象征着人生的五个阶段。

首先是知识的悲剧，也叫“学者悲剧”。刚出场的浮士德满腹经纶，久负盛名，却对长期的学者生活状态感到迷茫和不满，不知应向何处去。学术上的成就不能使他收获内心的满足，“思维的线索已经纷乱，我久已厌弃一切学问”。理性和感性在这里发生激烈冲突，极端的迷茫和苦恼状态下，浮士德想到的第一种解决方案竟然是自杀，但是，复活节的钟声突然响起，这使他忆起天真的童年，重新鼓起生活的勇气。就在这时，梅菲斯特走进浮士德的书斋，他们达成协议，由此开始了诱惑与反诱惑的庄严斗争。

其次是爱情的悲剧，又称“格蕾琴悲剧”。浮士德在与梅菲斯特签下契约后，借助后者的帮助，喝下女巫的魔汤后返老还童，追求少女格蕾琴。这场小市民女子和贵族青年的爱情却给格蕾琴带来悲剧：为了能享受爱情的欢乐，格蕾琴用浮士德交给她的安眠药让母亲沉睡，不料因药量过大，害死了母亲；浮士德因幽会受阻，在决斗中杀死了格蕾琴的哥哥。格蕾琴悲痛欲绝，竟然发疯，无意识中溺死了她与浮士德的孩子，最终身陷囹圄。浮士德前来劫狱，却遭到格蕾琴的拒绝。所谓“格蕾琴悲剧”是《浮士德》中最哀婉动情的篇章，格蕾琴就像《哈姆雷特》中的奥菲利娅，她的柔情，她的歌声，一如她的不幸，她的疯狂，都很动人。浮士德不可能止步于他和格蕾琴的爱情，因为那意味着他的精神探索的终结，就此而言，他们的爱情就注定是一场悲剧。但是在第二部，面对浮士德和格蕾琴的爱情悲剧也心有不忍的歌德，又让死后的格蕾琴再次现身，化身天使，把浮士德的灵魂护送至天国。

知识的悲剧和爱情的悲剧构成《浮士德》第一部，即浮士德和梅菲斯特在“小世界”中的经历，是浮士德在世俗层面的求索过程。在第二部所描写的“大世界”中，他又先后经历精神层面的三次悲剧，即政治悲剧、美的悲剧和事业悲剧。

为了让浮士德施展他宏大的政治抱负，梅菲斯特把浮士德带到一个小王国，让他在这个风雨飘摇的朝廷“从政”。浮士德和梅菲斯特通过发行纸币，使这个王国暂时渡过财政危机，赢得皇帝信任。皇帝得知浮士德精通幻术，便令浮士德让古希腊美人海伦的幻影重现。在梅菲斯特的帮助下，海伦果然应召现身朝廷，可是眼见海伦与特洛伊王子帕里斯谈情说爱，浮士德妒意大发，用魔术钥匙击打帕里斯，引起爆炸，海伦消失，浮士德自己也被炸死，灵魂化为一阵烟雾。浮士德的政治抱负就这样以失败告终。在浮士德的政治悲剧中，歌德其实写进了许多他本人在魏玛公国朝廷任职时的体验。

梅菲斯特让浮士德死而复生，把他送回他的书斋。对政治大失所望的浮士德转而追求古典美。梅菲斯特帮助浮士德的学生瓦格纳造人，造出“荷蒙库路斯”（意为“人造人”），荷蒙库路斯引导浮士德穿越千山万水，来到古代希腊，终于见到海伦的真身。浮士德与海伦结合，生下一个孩子，叫欧福里翁，欧福里翁不受约束，无限制地向天上飞翔，最后坠地而亡。见儿子坠亡，海伦悲痛万分，她对浮士德说：“一句古话不幸也在我身上应验：福与美原来不能持久地两全。爱的纽带断掉了，生命的纽带跟着也要断；我为二者悲叹，痛苦地道一声再见，再一次投入你怀抱之中。”海伦在最后一次拥抱浮士德之后形骸消失，只有她的衣裳和面纱留在他的怀里。这一场景无疑是富有寓意的，即美的实质是难以捕捉的，所能拥有的只有美的外在形式。最后，“海伦的衣裳化为云彩，围裹着浮士德，将他浮入高空，带他一同飘走”。这美的悲剧表明，以古希腊美为象征的一切，也不是浮士德最终的归宿。

最后，是事业悲剧。浮士德随梅菲斯特回到现实，他觉得生活中最重要的事情还是事业，就像他之前在翻译《圣经》第一句话时，把“太初有道”翻译成了“太初有为”。这时，王国内发生动乱，梅菲斯特暗中帮助浮士德，让浮士德帮皇帝平息内乱，浮士德因此获得海边的一块封地。站在高山顶上，俯视浩瀚的大海，浮士德的心头涌起一个宏伟的计划：移土填海，筑坝造堤，造福人类，建立一个平等自由的乐园。他感到：“事业就是一切，名望不过是空幻。”“我要获得这昂贵的享受，把专横的大海从岸边赶走……”浮士德踌躇满志，要继续大展宏图。为了建一座瞭望塔，他命令魔鬼赶走海边的“拆迁钉子户”——幸福恩爱的老夫妻菲勒蒙和包咯斯，不料梅菲斯特却放火烧掉老夫妇的茅屋，还杀死两位老人。一阵烟雾从茅屋飘来，烟雾中出现四个妇人，即“匮乏”“债务”“困苦”和“忧愁”，其中只有“忧愁”得以“从钥匙孔里钻进去”，对浮士德吹了一口气，使他双目失明。梅菲斯特见浮士德来日不多，就让鬼魂们来给浮士德挖掘墓穴，雄心勃勃的浮士德听到这挖土的声音，还以为是人们在挖土开河，于是发出了他生命中最后的感叹和欢呼：

> 一片沼泽在山下向这边漫淌，污染了已经开拓的所有地皮；还要把臭水坑加以排放，这是最后也是最高的业绩。我为几百万人开辟了空地，虽说不上安居，倒也行动自由，生活写意。田野葱绿而丰腴！人畜两旺，在这片新地上过得舒舒服服，立即定居在那堤坝之旁，那可是勤劳勇敢的民夫挖的土方！堤内是一片乐土，堤外则是海浪向边缘猛冲！一旦它贪婪成性，猛冲进来，大伙儿会齐心协力，奔赴现场，把决口一一堵封。是的！我完全坚持这个主意，它是智慧的最后演绎：只有每天重新争取自由和生存的人，才配有享受二者的权利！那么，即使这里为危险所包围，也请这样度过童年、成年和老年这些有为的年岁。我真想看见这样一群人，在自由的土地上和自由的人民站成一堆！那时，我才可以对正在逝去的瞬间说："停留一下吧，你多么美呀！我的浮生的痕迹才不致在永劫中消退。"——预感到这样崇高的幸会，我现在正把绝妙的瞬间品味。(绿原译文)

说完这段话后，浮士德就倒下了。梅菲斯特这一次不会再让他死而复生了，因为他这一次能得到浮士德的灵魂。

相继经历了知识悲剧、爱情悲剧、政治悲剧、美的悲剧和事业悲剧这五大悲剧的浮士德，是一个真正的悲剧人物吗？就像他在与梅菲斯特的赌局中虽输犹赢一样，经历过悲剧人生并最终死去的浮士德却不是一个地道的悲剧英雄，因为他作为人类不屈不挠的求索精神之象征，他最终其实战胜了梅菲斯特，也就是说，战胜了他自己内心里阴暗、消极、否定的一面，他因此是一位胜利者。他在倒下的时候是满怀信念的，相信自己是在为人类造福，是在成就惊天动地的伟业，这样的结局是英雄主义的。与歌德同时期的德国剧作家、文艺理论家莱辛就说过：“对真理的追求比对真理的占有更为可贵。”浮士德就一直走在追求真理的路上，他的每一次失败，每一场悲剧，都使他向真理靠近了一步。在每一个具体的悲剧事件中，他可能是一个局部的失败者，暂时的失败者，但在完整的生命历程中，他却是个胜利者，因为他从未停下探寻的脚步，就这一意义而言，《浮士德》不是一部悲剧。但是，歌德本人却坚持认定《浮士德》是悲剧，他还把“悲剧”二字作为副标题写在封面上。歌德的这一体裁界定，可能既指书中相继出现的五场悲剧，也指浮士德的求索之路始终离不开魔鬼梅菲斯特的陪伴和掌控这样的可悲宿命，也更有可能是在暗示作为本书主题的“浮士德难题”和“人类存在悖论”，即人不可能停止追求，人追求的终极目标是绝对，而绝对又是永远难以企及的目标，人若停止追求，又会失去存在的意义和价值，如此一来，浮士德的所作所为，乃至整个人类的所作所为，就成了一桩无比悲壮的事业。即便如此，作为悲剧的《浮士德》依然像贝多芬的《英雄交响曲》一样，是一曲关于人类生命力之旺盛、人类精神之崇高的壮丽颂歌。

一般认为，浮士德和梅菲斯特虽为主仆，却分别代表两种性格，两种人，或曰人类的两种类型，他们构成善与恶、爱与怀疑、肯定与否定、行动与毁灭、乐观与悲观等人类的两种本质或两种世界观之对立。但是，读了《浮士德》之后，我们会感觉到事情并不如此简单，他们似乎都是双重人格，其性格中都有着深刻的矛盾性。

浮士德作为整个人类的象征，作为被天主寄予厚望的人，无疑是一个“正面人物”，他在求索中体现出的求真、克己、坚韧和遂行等品质，都是人类赖以存在的人性前提。但是，浮士德的求索又恰恰是他与魔鬼、与自我不懈斗争的一个过程，他始终处于知识和信仰、科学和艺术、理性和感性、疯狂和理智、禁欲和纵欲，甚至善与恶的激烈搏斗的战场。在尝试自杀

浮士德和梅菲斯特

欧仁·德拉克洛瓦　绘

（Eugène Delacroix，1798—1863）

时，浮士德有过这样的自白："在我的胸中，唉，住着两个灵魂，一个想从另一个挣脱掉；一个在粗鄙的爱欲中以固执的器官附着于世界；另一个则努力超尘脱俗，一心攀登列祖列宗的崇高灵境。"浮士德的自杀念头，他在返老还童后想占有格蕾琴的情欲，他是杀死格蕾琴母亲和哥哥的凶手，他对格蕾琴始乱终弃，他让梅菲斯特赶走海边的老夫妻并导致这对老夫妻死亡，等等，都是浮士德内心之恶的种种显现。原来，浮士德的内心里原本就存在着一个梅菲斯特，梅菲斯特可以说是他的"第二自我"，就这一意义而言，他与其说是在与梅菲斯特打赌，不如说是在与他自己的另一半打赌，他与梅菲斯特的一拍即合，原本也是一种自然而然的选择。梅菲斯特就是浮士德性格中恶的一面之外化，他与梅菲斯特的不断冲突也就是他内心激烈冲突的外在化体现。《浮士德》的中译者绿原先生写道："事实上，在浮士德身上亦即在人类身上，始终有两个灵魂在斗争——可以说，梅菲斯特就在浮士德本人身上，二者的斗争始终贯穿着一股躁动不安的向绝对真理追根究底的精神力量，不断抵抗着梅菲斯特陷人于满足、怠惰和堕落的种种诱惑。"

和被诱惑者浮士德一样，诱惑者梅菲斯特本身也是一个性格矛盾体。梅菲斯特在与浮士德第一次见面时这样介绍自己："我是永远否定的精灵！这样说是有道理的；因为发生的一切终归要毁灭；所以什么也不发生，反而更好些。因此，你们称之为‘罪孽’‘破坏’的一切，简言之，所谓‘恶’，正是我的原质和本性。”但是就在这句话之前，梅菲斯特已经脱口说出了另一种自我认定：“是总想作恶却总行了善的那种力量的一部分。”天主当初之所以同意魔鬼去试探、诱惑浮士德，除了他对人持有信心这一点之外，他也是为了让浮士德、让人类经受一次考验：“人的行动太容易松弛，他很快就爱上那绝对的安息；因此我愿意给他一个伙伴，刺激他，影响他，还得像魔鬼一样，有创造的能力。”魔鬼是具有创造力的，恶是具有矫正功能的，“否定的精神”是有可能产生“肯定的效果”的。在引诱浮士德下降的过程中，梅菲斯特也不时体现出他的恻隐之心和正义感，比如他对浮士德公开在大街上调戏格蕾琴的反感，他在朝廷里针砭时弊，等等。更为重要的是，梅菲斯特所行的恶并非绝对的恶，而是一种激发浮士德永远向上、不断求索的动力，是“黑色魅力”和“魔鬼之美”。恶的存在及其活动，在客观上为人和人类的不断发展和完善提供了源源不断的动力。恩格斯在《路德维希·费尔巴哈和德国古典哲学的终结》一书中言及的“恶的历史作用”，所指也正是梅菲斯特性格的这一功能属性。堕落的天使也是天使。

范大灿先生在《德国文学史》中关于浮士德和梅菲斯特的善恶行为做过这样的归纳：“浮士德是在行善中有恶，梅菲斯特是在作恶中有善。”善与恶的相互交织和转换，这是人类性格的辩证法，也是人类存在的悖论逻辑。浮士德和梅菲斯特两者你中有我，我中有你，他们的合体才构成一个整体，才是真正的人，才是真正的人类，才是我们每一个人。换句话说，我们每一个人身上都既有浮士德，也有梅菲斯特。

歌德自25岁左右起写作《浮士德》，到82岁才最终完成，他写了将近60年，《浮士德》几乎伴随着他成年后的所有时光。在《浮士德》完稿后的次年，即1832年，歌德在魏玛去世，他留给人间的最后一句话是："给我更多的灯吧！"这句话让我们动容。我们知道，"梅菲斯特"这个名称源于古希腊语，意思就是"不爱光的人"。那么，歌德是在临终时再次遇见他塑造的梅菲斯特了吗？他是要用"更多的灯"驱赶那个"不爱光的人"吗？很有可能，弥留之际的歌德不仅再次遇见了梅菲斯特，他还再次成为了浮士德。

《巴黎圣母院》与建筑

位于塞纳河畔的巴黎圣母院被誉为“石头的交响乐”，雨果的长篇小说《巴黎圣母院》被誉为“文字的圣殿”，文学与建筑在这里产生了紧密的关联。

巴黎圣母院始建于1163年，历时182年，在1345年正式完工。这座位于塞纳河西岱岛上的建筑是欧洲早期哥特式教堂，其平面为马蹄形十字形制，总长约127米，总宽约48米，占地6000多平方米，其内部有五个纵舱，建筑的西立面是两座对称的钟塔，东端是圣坛，中部上方矗立着高达96米的标志性尖塔。这座石头建筑结构完美，巍峨挺拔，早已成为巴黎乃至整个法国的象征。巴黎圣母院的法语名称为“Notre-Dame de Paris”，“Notre-Dame”原意为“我们的女士”，指圣母玛利亚，但这个亲切的称呼无疑也饱含着巴黎人乃至法国人对于这座建筑的深情。早在1862年，巴黎圣母院就被法国历史古迹委员会列入法国文物清单；1991年，联合国教科文组织又将巴黎圣母院列入世界文化遗产名录。

大约在1829年，27岁的雨果开始写作《巴黎圣母院》，他仅用一年多时间便完成了这部译成中文近40万字的长篇巨著。写作《巴黎圣母院》时的雨果，正处于他一生中的重要转折时期：在思想立场上，他与政治保守派渐行渐远，开始崇尚自由、民主和人道主义；在文学观念上，他主动摆脱伪古典主义，开始为浪漫主义文学运动摇旗呐喊。1827年，雨果在为自己的剧本《克伦威尔》所作的序言中即已旗帜鲜明地提出了浪漫主义文学主张，这篇序言也被视为整个欧洲浪漫主义文学的宣言。在这之后，雨果再接再厉，试图在小说写作方面再为浪漫主义文学树立一个样板，他在《〈克伦威尔〉序言》中所举出的拒绝公式化和程式化、具体地表现情节和情感、让滑稽丑怪与崇高优美形成对照等原则，在《巴黎圣母院》中都得到了具体的落实和完美的呈现，《巴黎圣母院》因此成为文学史上一部划时代的名著。《巴黎圣母院》的写作和出版使雨果步入法国最重要作家的行列，同时也为欧洲浪漫主义文学大厦奠定了坚实的基础。

作为建筑的巴黎圣母院为作为小说的《巴黎圣母院》提供了写作前提，而小说《巴黎圣母院》自身又构成欧洲文学乃至世界文学中的一座标志性建筑。雨果在《〈克伦威尔〉序言》的开篇便写道："由于诗总是建筑在社会之上，那么，根据社会发展的形式，我们来分析一下，诗在原始时期、古代和近代这三大人类发展阶段中的特点究竟是怎样的。"这里的"建筑"一词不知是雨果的"原作"，还是译者柳鸣九先生的"译文"，但不管怎样，这个动词都十分有力：诗总是建筑在社会之上的；每一部文学杰作都是人间的一座宏大建筑！

雨果的这部小说以《巴黎圣母院》为题，其内容自然与巴黎圣母院密切相关。在1831年3月为小说所写序言中，雨果自称这部小说的写作动机就源于巴黎圣母院，源于刻在圣母院石壁上的一个意为命运的希腊文单词："几年以前，当本书作者去参观，或者不如说去探索圣母院的时候，在那两座钟楼之一的暗角里，发现墙上有这样一个手刻的单词：'ΑΝΑΓΚΗ。这几个由于年深日久而发黑并且相当深地嵌进石头里的大写希腊字母，它们那种哥特字体的奇怪式样和笔法不知标志着什么，仿佛是叫人明白那是一个中世纪的人的手迹。这些字母所蕴含的悲惨的、宿命的意味，深深地打动了作者。"作者接着写道，圣母院在近200年里饱受摧残，面目全非，"几个世纪以前在墙上写下这个单词的人已经不在了，永远不在了。也该轮到这个单词从教堂的额角上消失了。这座教堂本身或许也会很快从大地上消失吧”。然而，“正是由于这个单词，作者写下了这部著作”。在1832年10月为此书所写《定刊本附记》中，雨果又直截了当地写道，促成对包括巴黎圣母院在内的古代建筑的保护意识，就是他写作这部小说的主要目的之一：“可是不管怎样，不管建筑艺术的将来如何，不管我们的青年艺术家们将会怎样去解决他们的艺术问题，在我们期待着新的纪念性建筑的时候，还是把古老的纪念性建筑保存下来吧。假若可能，就让我们把对于民族建筑艺术的热情灌输给我们的民族吧。作者宣告，这就是他的这部作品的主要目标之一，这就是他毕生追求的主要目标之一。”《巴黎圣母院》的写作灵感就源自巴黎圣母院，这部小说的主要写作目的之一就在于保护巴黎圣母院。

作为小说情节的主要发生地，巴黎圣母院这座建筑在小说《巴黎圣母院》中得到了详尽的描写。小说第三卷第一章就题为《圣母院》，在这一章节中，小说作者用精准的文字再现了圣母院的建筑细节：

> 确实很少有别的建筑比得上它的前墙那么漂亮。那三个挖成尖拱形的大门道，那一排有二十八位穿着旧的绣花长袍的君王的神龛，正中间有个巨大的玫瑰花饰圆窗洞，两旁各有一个小窗护卫着，就像祭师和助祭师陪伴着神甫一样。那高大而秀气的三叶形回廊，它的平顶被一些小柱

子支撑着。最后还有那两座黝黑笨重的巨大钟塔，连同它们那石板的屋檐，在整体的宏伟中又各各协调，依次分为五大层展现在你的眼前，虽然拥挤却并不混乱，连同无数的雕刻、塑像以及雕镂装饰，很适合它整体的庄严伟大。可以说是一部规模宏大的石头交响乐。它是人类和民族的巨大工程，它也像它的姐妹《伊利亚特》和《罗曼赛罗》这两篇杰作一样，整个建筑既单一又复杂。它是整个时代各种力量的奇特的产物，从每块石头上可以看出，有水平的工匠在艺术家天才的启发下把神奇变成了现实。总之，它是人类的一种创造，像神的创造一样又有力又丰富，仿佛具备着两重性格：既永恒又多变。(陈敬容译文)

关于巴黎圣母院是“石头的交响乐”的说法就源自这段话，值得注意的是，雨果在这里还将巴黎圣母院与荷马史诗《伊利亚特》和西班牙史诗《罗曼赛罗》这两部文学作品相提并论，称它们为“姐妹”。除了对巴黎圣母院这“教堂皇后”的诗意赞美之外，雨果在这一章节里还对圣母院的建筑特色、它面临的危害及其具有的文化意义等问题做了理性的思考。他不无悲哀地感觉到，以巴黎圣母院为代表的古代建筑正在遭受“三种伤害”，即“时间”“政治和宗教的改革”以及“那些越来越笨拙荒诞的时新样式”；他敏锐地发现，巴黎圣母院“既

押解爱斯梅拉达的囚车驶入巴黎圣母院前庭广场

查尔斯-弗朗索瓦·杜比尼　绘

（Charles-François Daubigny，1817—1878）

不是一座罗曼式教堂，也不是一座哥特式教堂”，“这座教堂不只属于一种类型”，“它是所有教堂的综合”；他预言家式地宣称：“时间就是建筑师，而人民就是泥瓦匠”，“最伟大的建筑物大半是社会的产物而不是个人的产物”，“这座可敬的纪念性建筑的每一面、每块石头，都不仅载入了我国的历史，而且载入了科学史和艺术史”。即便不能说是雨果的《巴黎圣母院》奠定了巴黎圣母院的建筑史地位，那么也可以断言，这部小说在确立和宣扬巴黎圣母院这座历史建筑的艺术价值和文化意义方面发挥了举足轻重的作用。

任何一座建筑均靠其结构来支撑，而任何一部小说也像建筑一样有其结构，即故事情节及其发展；建筑通常是供人居住的，而小说也像建筑一样有其“居民”，即小说中的人物。《巴黎圣母院》的故事发生在15世纪的法国巴黎，主要情节发生地就是巴黎圣母院及其周边地区。作为建筑的巴黎圣母院不仅为作为小说的《巴黎圣母院》提供了故事场所和人物活动空间，甚至也在结构上给了小说作者以启迪，《巴黎圣母院》的人物关系和主题设置仿佛就是对巴黎圣母院西立面的模仿：三个主角就像圣母院的三座拱门，他们比肩并列，共同支撑起整个小说的框架；而作为小说主题的善与恶、美与丑、崇高与卑下、光明与黑暗的对比，就像两座相望的钟楼，构成比照和呼应。

小说的三个主角，即伽西莫多、克洛德和爱斯梅拉达，均与巴黎圣母院这座建筑有着密不可分的关联。克洛德是巴黎圣母院的副主教，他在失去父母和优越的家境后发奋努力，静心修行，终于成为博学的学者和神父，成为巴黎圣母院的掌门人之一。伽西莫多生下来奇丑无比，是个畸形儿，被父母遗弃在教堂，克洛德见到这个弃婴后动了恻隐之心，“这种丑陋越发激起了克洛德的同情”，于是他收养了伽西莫多，把伽西莫多抚养成人，后来让他做了巴黎圣母院的敲钟人。爱斯梅拉达是一个16岁的吉卜赛舞女，圣母院前的广场就是她卖艺跳舞的地方，克洛德被爱斯梅拉达的美貌和舞姿所吸引，欲罢不能，便让伽西莫多和他一起去把姑娘抢回来，发现爱斯梅拉达爱上守备队队长弗比斯后，克洛德刺伤弗比斯，并嫁祸于爱斯梅拉达，爱斯梅拉达因此被判绞刑，圣母院广场于是又成了她的刑场。就在爱斯梅拉达即将被绞死时，伽西莫多借助一条绳索从圣母院的塔顶一跃而下，劫了法场，把爱斯梅拉达抢进圣母院。圣母院成为爱斯梅拉达的庇护所，她在圣母院顶楼的一个小房间住下，得到伽西莫多的细心照顾。一天夜里，克洛德潜入小屋，准备非礼爱斯梅拉达，伽西莫多闻讯赶来，把闯入者扔出门外，之后才发现来人是他的养父。法庭串通教会，决定进入圣母院抓捕爱斯梅拉达，得知消息的巴黎乞丐们前来解救爱斯梅拉达，不明真相的伽西莫多只身抵抗。法国国王路易十一得知暴动的消息后，下令“把平民杀尽，把女巫绞死”。圣母院被攻陷时，伽西莫多发现爱斯梅拉达的小屋已空无一人，原来是克洛德引来爱斯梅拉达的丈夫甘果瓦，领走了爱斯梅拉达。克洛德再次要爱斯梅拉达在他和绞刑之间做出选择，爱斯梅拉达再次拒绝：“你比绞架更让我害怕。”爱斯梅拉达被送上绞架，伽西莫多和克洛德站在钟楼顶上，伽西莫多看到克洛德脸上的笑容后愤怒不已，把克洛德推下钟楼。

三个主角，一对养父养子同时面对一个女子，构成一个三角关系，支撑起整部小说的结构框架。小说作者曾这样描述伽西莫多与圣母院的关系：“圣母院对于他就是蛋壳，就是窝，就是家，就是故乡，就是宇宙。”这句话其实也可以用在克洛德身上，他是在圣母院里成长起来的，最后成为这座圣殿的掌管者，他的阴郁、压抑和神秘就源自圣母院，也是这座建筑复杂性格的外化。而巴黎圣母院的“我们的女士”之别称，又似乎能使我们意识到，爱斯梅拉达就是圣母院的象征，因为小说中的几个男主角，除伽西莫多和克洛德外，还有爱斯梅拉达的丈夫甘果瓦和她的情人弗比斯，似乎都可以、都愿意或者说都企图称爱斯梅拉达为“我们的女士”，爱斯梅拉达于是便成了整部小说的结构中心，一如巴黎圣母院在整个巴黎建筑群中的位置和作用。

雨果在《〈克伦威尔〉序言》中写道：“近代的诗艺……

会感觉到万物中的一切并非都是合乎人情的美，感觉到丑就在美的旁边，畸形靠近着优美，粗俗藏在崇高的背后，恶与善并存，黑暗与光明相共。”他将这所谓“美丑对照原则”作为浪漫主义文学的重要原则之一，而《巴黎圣母院》就是他运用这一原则的实践之作。在这部小说中，爱斯梅拉达的美与伽西莫多的丑构成对比，爱斯梅拉达的善与克洛德的恶构成对比，伽西莫多的高尚与克洛德的卑鄙也构成对比，这些对比就像巴黎圣母院的两座塔楼，相互之间既构成反差，也形成互动。更为重要的是，小说作家还将这种对比原则运用于每个角色，让美与丑、善与恶、崇高与卑劣、光明与黑暗的对比错综复杂，呈现于不同的人物性格之中。

爱斯梅拉达年轻貌美，舞姿出众，又无比善良，为了让无意中流落至巴黎乞丐聚居地“圣迹区”、被乞丐国王判处绞刑的诗人甘果瓦免于一死，她自愿嫁给后者；眼见代克洛德受过的伽西莫多在广场遭到毒打，在烈日下奄奄一息，她走上前去给伽西莫多喂水。她嫁给甘果瓦，却一直守护贞洁；面对克洛德的威逼利诱，她毫不妥协，宁愿去死。爱斯梅拉达是美的化身，也是纯洁和高贵的化身，雨果却把这些品质放在一个街头舞女的身上。伽西莫多奇丑无比，他天生独眼，因为一颗巨大的肉瘤挡住了一只眼，他驼背，瘸腿，后由于敲钟被震破耳膜，又成了聋子。他的性格十分凶狠，却生有一颗有情有义的

爱斯梅拉达给伽西莫多喝水

古斯塔夫·布里昂　绘

（Gustave Brion，1824—1877）

柔软的心，他起先对养父克洛德毕恭毕敬，充满感恩之心，但在发现养父的虚伪和险恶之后，他终于出手杀死养父。最后，他把爱斯梅拉达的尸体抱进坟墓，然后躺在她身边，自愿殉情于美，献身于爱。克洛德饱读诗书，道貌岸然，被人视为智慧、信仰和道德的化身，可是他却阴险恶毒，为满足自己的欲望不择手段，甚至不惜害死爱斯梅拉达。但小说中也写到了克洛德对伽西莫多的收养，写到他在内心突然涌起的欲望面前的无法自拔，他在最后一次试图说服爱斯梅拉达的时候说道："听着，姑娘，在遇见你之前，我是幸福的……"爱斯梅拉达第一次被克洛德和伽西莫多劫持时被守备队队长弗比斯英雄救美，她因此对英俊漂亮的弗比斯一见钟情，可弗比斯却是一个无情无义的男人，在爱斯梅拉达被押赴刑场时，弗比斯正在和他的未婚妻谈情说爱，在认出被送上绞架的人就是爱斯梅拉达时，他仍然无动于衷，"带着一个新情人在看他的旧情人被绞死"。这些人物自身的复杂特性，比如爱斯梅拉达的纯洁与轻信，伽西莫多的丑与善，克洛德的庄重与卑琐，弗比斯的美与冷酷，等等，也构成内在的对比，这些对比是对三个主角之对比的补充和深化，无处不在、无时不在的对比贯穿整部小说。

《巴黎圣母院》第五卷的开头写到克洛德与御医夸克纪埃、杜韩若长老的相见和交谈，克洛德在谈话中把台子上的书与窗外的教堂做了比较：

> 他一面打开密室的窗户，一面用指头指着圣母院这座大教堂，它那两座巨大钟塔的石头外墙和那庞大下部的黑黑轮廓高耸在满是星星的夜空里，好像是一尊巨大的、长着两个脑袋的斯芬克斯坐在城市的中央。
>
> 副主教不声不响地观看了一会这座大教堂，接着叹了一口气，右手指着那本打开在台子上的书，左手指着圣母院，把忧郁的眼光从书本移向教堂：
>
> “唉！这个要消灭那个的！”（陈敬容译文）

接下来的一个章节就叫《“这个要消灭那个”》，在这个完全游离于小说情节的章节里，小说作者自称要解释一下“这个要消灭那个”，也就是“这本书要消灭那座建筑”的问题。首先，这是教会人士的观点，“这是僧侣在新的代理者印刷术跟前的恐惧。这是一座圣殿上的人在古腾堡光辉的印刷品跟前的惊恐和晕眩”。他们害怕印刷品会消灭教堂。其次，这是哲学家和艺术家的观点，他们认为，“人类的思想在改变形式的同时也将改变表现方式，每代人的思想不再用同样的方式同样的材料来写，哪怕是用石头写的十分坚固持久的著作，也将让位给用纸张印刷成的更加坚固更加持久的著作”，因此，“印刷术要消灭建筑艺术”。在给出这两种观点之后，雨果又完整地梳理了人类的建筑史。他写道，在15世纪之前，建筑一直是人类的大型书籍，是人类力量和智慧的首要表现。人类建筑的雏形，就是原始人竖立起来的第一块石头，“人们把一块石头竖起来，这就是一个字母”。一块自然界的石头，一旦被人捡起来，挪动一个地方，摆成一个形状，它也就被赋予了意义，成为表达情感和思想的符号，如此一来，它也就成了最初的文字。被竖立的单个石头是字母，摞在一起的石头，比如坟墓，就是单词，然后人们便开始著书立说，即建造神庙和宫殿。“这样，在世界最初的六千年里，从印度斯坦最古老的塔到科隆的大教堂，建筑已经成为人类的伟大手迹。”在之后的人类文明史中，“每一代人走过时都要在这本书上写下一行字”。在基督教时代，“社会的一切物质力量，一切精神力量，都集中于同一个焦点——建筑艺术上”，教堂建筑成了艺术和艺术家借口上帝表达和实现自我的一种主要方式，“于是，有些生来是诗人的人也变成了建筑家”，建筑艺术成为主要的、普遍的创作体裁。到15世纪，情况完全改变了，雨果接着用浪漫主义的、诗一般的语言写道：

人类的思想发现了一种能永久流传的方式。它不仅比建筑艺术更耐久更坚固，而且更简单更容易。建筑艺术走下了它的宝座。俄耳甫斯的石头文字将要由古腾堡的铅字继承下来。

书籍将要消灭建筑。

印刷术的发明是最重大的历史事件，它是革命之母，它是人类完全革新了的表现方式，这是抛弃了一种形式而获得另一种形式的人类思想，是从亚当以来就象征着智慧的那条蛇的最后一次蜕变。

在印刷的形式下，思想比任何时候都更易于流传，它是飞翔的，逮不住的，不能毁坏的，它和空气融合在一起。在建筑艺术统治时期它就以大山的形式出现，强有力地占领一个地区，统治一个世纪。现在它变成了一群飞鸟，飞散在四面八方，同时占领了空中和地面。（陈敬容译文）

最终，“古腾堡总是路德的先驱”，建筑“将要服从文学的管辖，就像文学过去服从它的管辖”，于是，“人类就有两种书籍，两种记事簿，两种经典，即泥水工程和印刷术。一种是石头的圣经，一种是纸的圣经”。

在雨果发出这些预言近200年之后，在书籍泛滥的当下，我们似乎并未看到作为艺术的建筑和具有实用功能的建筑之衰落，但是，如果把印刷术的发明视为人类思想解放的加速器，如果把被印刷术“取代”的建筑理解为古典建筑和宗教建筑，如果说建筑不再是人类最主要的思想和艺术表达形式，雨果的这些话还是不无道理的。更为重要的是，雨果关于书籍和建筑之关系的思考，能让我们意识到这两门艺术之间的相近和相通。在雨果这里，建筑和书籍互为隐喻，均是人类最重要的情感和思想表达方式，是人类最重要的创造手段。

谈起文学和建筑的关系，人们或许会立即想起莱辛的《拉奥孔》，在这部副标题为“论绘画与诗的界限”的文学理论名著中，莱辛通过比较“拉奥孔”这一题材在古典雕刻和古典诗歌中的不同处理方式，来论证造型艺术和文学的区别和界限，阐述不同门类艺术的共同规律性和各自的特殊性。莱辛的观点可以归纳为三点：首先，画是空间的艺术，诗是时间的艺术，画描绘在空间中并列的物体，诗则叙述在时间上先后承续的动作；其次，画是视觉的艺术，诗是听觉的艺术，画的题材局限于眼见的事物，诗的题材却无这种局限；最后，画是静态的艺术，诗是动态的艺术，画的最高法则是再现物体静态的美，诗则以动态情节的冲突发展为对象，重在情感的体现和个性的彰显。不难看出，莱辛在将诗与画并列和对比时，总的来说是扬诗抑画的。他的理论使人们意识到不同体裁艺术的特殊性和规律性，极大地促进了文学理论和艺术理论的发展。但是，随着人类文艺学的发展，人们也逐渐意识到莱辛的这个“分类法”过于绝对，有其局限性。至少，在作为文学之泛称的“诗”这一领域中的小说，以及在作为造型艺术之泛称的“画”这一领域中的建筑，这两大体裁都同时具有时间和空间、动态和静态、视觉和听觉等双重属性。

20世纪30年代，苏联文艺理论家巴赫金写成《长篇小说中的时间形式和时空体形式》一文，正式提出影响深远的“时空体”（хронотоп）概念。“时空体”原为一个科学名词，直译就是“时间＋空间”，这个概念的提出与相对论有关，指时间和空间两者间不可分割的关系，巴赫金将这个概念引入文艺学，并定义道：“文学中已经艺术地把握了的时间关系和空间关系相互间的重要联系，我们将称之为时空体。”巴赫金举出文学作品中的许多时空体例子，比如“道路”“客厅”“外省小镇”“城堡”“门槛”等，他通过分析和对比同一空间在不同时间的呈现和变化，来揭示小说所蕴含的历史诗学意义。我们把这一概念运用于作为建筑的巴黎圣母院和作为长篇小说的《巴黎圣母院》，可以发现这两者也可以被视为同时具有时间和空间属性的艺术作品。巴黎圣母院是一座静止的建筑，但自1163年罗马教皇亚历山大三世放下第一块基石起，这座教堂就在历史的长河中历经变迁，甚至不断改变其内外构造，随着时代风尚的变更，它更是被不断注入新的文化内涵，最终成为一个文明标志和文化符号；而小说《巴黎圣母院》作为一种叙事体裁自然是时间的艺术，其写作和传播、被阅读和被阐释的过程都在时间中完成，但是它自身的结构却具有空间属性，它自身的物质存在也具有空间属性。雨果在这部小说中曾感叹道："我不知道哪个爱吹牛的统计员计算过自古腾堡以来所有印刷出版的书籍。假若把它们一本本地堆积起来，真可以填满从地球到月亮的空间呢。"我们也可以说，如果把世界上各种版本的《巴黎圣母院》堆积起来，也可以垒起另一座巴黎圣母院。

当然，我们谈到小说《巴黎圣母院》的空间属性，谈它的"建筑感"，也是在指它的具体写法，指它的具体写法所造成的通感效果，即对视觉和听觉等诸多感觉间的界限之突破。小说第三卷第二章《巴黎鸟瞰》中有这样一段关于巴黎晨钟的著名描写：

> 假若你想得到一个古代巴黎的印象，那是现代巴黎不能给予你的，那就请在一个盛大节日的早晨，当太阳从复活节或者从圣灵降临节升起的时候，攀登到一个可以俯瞰这首都全景的高处，去倾听晨钟齐鸣吧。去看看天空一角的颜色——那是阳光照射成的，去听听成千座教堂一下子颤动起来，起先是一阵丁当声从一座教堂响到另一座教堂，好像音乐家们宣告演奏就要开始一样。突然之间，你

看吧（因为耳朵有时好像也有视觉呢），看看同时从每座钟楼里升起一根根声音的圆柱，一片片和声的云烟。最初，每只钟的振动笔直地、简单地升起来，也可以这么说，它不和其他钟的振动相混，一直升到早晨灿烂的天空里。随后它们逐渐愈来愈搅在一起，混在一起，成为一个壮丽的大合奏。现在只有一大片响亮的颤音不断地从无数的钟里升起，在城市上空飘浮，波动，跳跃，回旋，并且把它那震耳欲聋的颤音扩散到远远的天边去。但这和声的海洋并不是一片混乱，它既深沉又辽阔，而且又不失其明朗性。你可以看见成群的音符从每只钟里蜿蜒而出，跟随着这木铃和巨钟的时而尖厉时而低沉的和鸣，你可以看见各种八度音程从一座钟楼跳到另一座钟楼，你可以看见它们飞快地、轻捷地、响亮地从银钟里出来，落到木钟里就变得嘶哑而破碎。在它们之中，你会特别赞赏圣厄斯达谢教堂的七口钟的忽起忽落的变化多端的音阶，你看见从每个方向跑来了清亮而急剧的音符，作了三四个光辉的转折，又像光一样消逝了。那边是圣马尔丹寺院尖锐而薄弱的歌声，这边是巴士底狱的悲惨而枯竭的调子，另一边是卢浮宫大钟塔的歌唱性男低音。王宫的御钟不断向各个方向抛掷它那华丽的颤音，圣母院钟塔上沉重的钟声均匀地落在它上面，使它像一块铁砧在铁锤下闪出了火花。你时时还听见来自圣日耳曼·代·勃雷大寺院的钟乐三重奏的各种声调，这一雄壮的乐声逐渐散开，让路给突然升起的圣母颂——它像一顶用星星缀成的冠冕一般凸现出来。在下面，在这个大合奏的最深处，你可以模糊地分辨出教堂内部的歌声从拱顶的颤动着的洞孔里传出来，这实在是一部值得一听的歌剧。一般来说，巴黎在白天发出的种种声音，是这座城市在讲话；夜晚的声音，是这座城市在叹息；而刚才提到的那些声音，则是这座城市在歌唱。把你的耳朵朝向这些钟的合奏吧，听听那五十万人的絮语，那河水的永恒的呜咽，那风的无休止的叹息，那天边山岭上四座森林的像管风琴那样遥远而低沉的四重奏。听听那最中心的排钟吧，它那最尖细和最沙哑的声音怎样融化成为一种中等的响度。你说，世界上还有什么能比这种声音和铃声的汇合，比这个音乐的大熔炉，比这些在三百法尺高的云端里同时吹响的石笛，比这座像乐队似的大城市，比这像暴风雨在咆哮似的大合奏更为壮丽、更为辉煌、更为灿烂的呢？（陈敬容译文）

在这段文字中，雨果将钟声比喻成“声音的圆柱”和“和声的云烟”，赋予声音以画面感和建筑感——“因为耳朵有时好像也有视觉呢”。受到雨果这段描写的启发，我们同样也能

巴黎一景

雅克·里戈　绘

（Jacques Rigaud，1681—1754）

意识到：眼睛有时好像也有听觉呢。这就是庞德在看到汉字“闻”时所经受的震撼：气味原来可以用耳朵来感受！其实，一切艺术或多或少都是借助通感的，得益于通感的，文学和建筑更不例外。

在巴黎圣母院建成486年之后，雨果写成他的小说《巴黎圣母院》。在这部小说面世之际，巴黎圣母院正面临生死攸关的时刻，在法国大革命时期已被废弃的这座教堂，在1830年七月革命中再遭浩劫，巴黎市政府甚至决定拆除这座建筑，幸好雨果以这座教堂为情节发生地的小说于次年面世，引起读者和世人对这座建筑本身的极大关注，巴黎人乃至法国人这才普遍意识到这座建筑巨大的文化价值，巴黎圣母院因此才逃过一劫。2019年4月15日，维修中的巴黎圣母院燃起大火，标志性的尖塔倒塌，三分之二的屋顶被毁，整座建筑损毁严重，幸好主体结构保持完好。这场火灾引起世人的广泛关注和惋惜，与此同时却也促成了小说《巴黎圣母院》在全球范围内的再度畅销。一座建筑成就了一部小说，反过来，这部小说又拯救了这座建筑。一座宗教建筑，一部文学作品，这两部杰作相辅相成，相得益彰，构成世界文学艺术史中的一段佳话；这两部杰作自身也都既是建筑，又是史诗，它们在彰显文学和建筑之间共同的艺术属性，在彪炳两者之间相通的审美价值。

陀思妥耶夫斯基的思想小说

谨以此文纪念陀思妥耶夫斯基200周年诞辰

1924年，苏联文艺学家恩格尔哈特在当年出版的《陀思妥耶夫斯基研究论文和资料》第二辑上发表了一篇论文，题为《陀思妥耶夫斯基的思想小说》，他在文中写道：

> 陀思妥耶夫斯基描绘个体意识和社会意识中思想的生活，因为他把思想视为智性社会的确定因素。但这并不应理解为，他似乎在写带有思想的长篇小说，写带有倾向的中篇小说，他是一位有倾向性的艺术家，较之于诗人他更像哲学家。他写的并非带有思想的小说，不是18世纪口味的哲理小说，而是**关于思想的小说**。他将“思想”当成他

> 的客体，一如奇遇、趣闻、心理类型、生活画面或历史画面等成为其他小说家的主要对象。他培育出这种绝对独特的长篇小说类型，并将其提高到非凡的高度，这一类型的长篇小说与冒险小说、感伤小说、心理小说或历史小说相对，也可称之为**思想小说**。就这一意义而言，他的创作尽管有其一贯的论战性，但就客观性而言却并不逊于其他一些伟大语言艺术家的创作；他就是这样的艺术家，他在自己的长篇小说中提出和解决的问题，首先是纯艺术问题，大多是纯艺术问题，只不过他的素材很独特：他的主人公即思想。

从此，关于陀思妥耶夫斯基的长篇小说是“思想小说”（идеологический роман）的说法不胫而走，与在此前后出现的另外两种关于陀思妥耶夫斯基小说的界定——维亚切斯拉夫·伊万诺夫提出的“悲剧小说”（роман-трагедия）和巴赫金提出的“复调小说”（полифонический роман）并列，成为20世纪二三十年代苏联文艺学中关于陀思妥耶夫斯基小说创作的影响最为深远的概括之一。

长篇小说作为一种文学体裁，其存在价值就在于“模仿现实”“形象思维”“艺术再现”“文字游戏”等等，它可以是纯思想的吗？另一方面，世界文学史上的长篇小说名作大多具有思想属性，是作者及其小说主人公人生观和世界观的艺术表达，它们可能是无思想的吗？“带有思想的小说”（роман «с идеей»）和“关于思想的小说”（роман «об идее»）的差异究竟何在呢？在恩格尔哈特之后，人们继续对陀思妥耶夫斯基的思想小说进行类型学研究，逐渐获得一些共识：首先，如恩格尔哈特所言，在陀思妥耶夫斯基的长篇小说中，“主人公即思想”，陀思妥耶夫斯基的小说人物都是“行走着的思想”；其次，陀思妥耶夫斯基把作品当成他本人思想的传声筒，作为一位广泛介入俄国当时社会意识形态论争的大作家，作为一位对俄国历史发展有着深远影响的大思想家，他的文学作品也是他的思想武器；最后，思想小说的内容会影响到其形式，影响到小说的结构、节奏和调性等形式因素，并最终使思想小说成为一种小说类型，甚或一种文学体裁。

陀思妥耶夫斯基之写思想小说，首先就因为他兼具思想家和小说家的双重身份。陀思妥耶夫斯基所处时代，即19世纪中期，是俄国历史上最重要的发展时期，俄罗斯民族意识的觉醒和国家认同在这一时期大体完成。陀思妥耶夫斯基像当时大多数俄国大作家一样，在这一历史进程中扮演重要角色，他指点江山，呼风唤雨，既针砭现实的不公也昭示俄罗斯民族的光明前景，既向读者提供现实的文学审美也呼唤民众走向虔诚的宗教信仰。因此，他在去世前很久便已被同时视为国家的文学天才和民族的精神领袖。

陀思妥耶夫斯基的作家之路和思想家之路是相互抱合的。陀思妥耶夫斯基的一生持续近60年，自他开始具有自觉意识时起，他的思想历程大致有40余年的发展史。

美国的陀思妥耶夫斯基研究专家弗兰克将其五卷本陀思妥耶夫斯基传的第一卷命名为《反叛的种子》（*The Seeds of Revolt*）。陀思妥耶夫斯基的青少年时期，的确可称为“反叛时期”。陀思妥耶夫斯基1821年出生在莫斯科，身为医生的父亲对孩子们管教甚严，家中的宗教氛围也很浓厚。陀思妥耶夫斯基先在莫斯科一所寄宿中学上学，后毕业于彼得堡的军事工程学院，他的求学环境想必都比较严苛。然而，严苛的成长环境却往往催生出自由的意识，更为重要的是，在陀思妥耶夫斯基开始识文断字时，普希金的横空出世使得文学成为当时俄国社会的一种时尚，陀思妥耶夫斯基的父母就常在家中领着孩子们朗读文学作品，陀思妥耶夫斯基和他的哥哥就此爱上文学。陀思妥耶夫斯基的父母当时可能并未意识到，文学阅读会极大地强化人的个性意识和自由精神，更何况陀思妥耶夫斯基兄弟当时阅读的还大多是具有启蒙精神的西欧小说和其他读物。1844年，军校毕业生陀思妥耶夫斯基在军中熬过规定的一年多时限后毅然退伍，解甲归文，决定终生以文学写作为业，这一举动本身就是他的自由意志的体现。但是，他真正的“反叛”还是他在彼得拉舍夫斯基小组中的活动。这一时期，陀思妥耶夫斯基接受了西欧的空想社会主义理论；也正是在这一时期，他写成小说处女作《穷人》(1846)。这部小说继承以果戈理为代表的俄国“自然派”文学传统，作者满怀悲悯之心刻画“小人物”，体现出深切的人道主义精神，涅克拉索夫等人因此惊呼：“新的果戈理诞生了!”《穷人》的成功在一定程度上强化了陀思妥耶夫斯基的自我意识和激进立场，最终使他与体制发生正面碰撞：1849年，陀思妥耶夫斯基因在彼得拉舍夫斯基小组的聚会上朗诵别林斯基《致果戈理的信》而被捕，后在经历一场刻骨铭心的假死刑后被流放至西伯利亚。

陀思妥耶夫斯基人生中最宝贵的十年，即28岁至38岁，是在监禁、流放和服役中度过的。但是后来，他却将这十年当作他的精神复活时期。在1849年12月22日经受了彼得堡谢苗诺夫校场上的假死刑后，陀思妥耶夫斯基当夜就在给哥哥的信中写道：“生命是一次馈赠，活着就是幸福，每一分钟都能成为幸福的永恒。如果年轻时就有经验，这该有多好！现在，我的生命改变了，我获得了新生。”与一同受刑的其他几个伙伴的感受不同，陀思妥耶夫斯基似乎终生感激皇帝的赦免之恩，认为“得救者唯有以谦恭和感恩作为报答”，他从此放弃激进立场，思想急剧转向保守。德国学者古斯基在他的《陀思妥耶

陀思妥耶夫斯基肖像，1847年

康斯坦丁·亚历山德罗维奇·特鲁托夫斯基　绘

（Константин Александрович Трутовский，1826—1893）

夫斯基传》中写道："谢苗诺夫校场的生死一幕对陀思妥耶夫斯基的决定性影响，是让他的整个人生从那一刻起发生了根本性逆转：他从一位左翼亲西方派变成了正统的俄国派，从一位知识分子变成了人民之友，从一位革命者变成了民族保守分子。"狱中四年，他除一本《圣经》外没有任何读物；在被判刑后近十年时间里，他除书信外几乎没有写下任何文字。但是，压缩的空间反而拓展了陀思妥耶夫斯基的精神世界，过剩的时间反而强化了他的思想张力。他在1857年12月22日的一封书信中写道："在这七年间，我收集了很多素材，我的思想更加清晰，也更加坚定。"这位思想着的苦役犯，逐渐转变成一位具有人道主义精神的东正教信徒。

1859年，陀思妥耶夫斯基获准返回俄国的欧洲部分，定居彼得堡，他迅速以《死屋手记》（1860）和《被侮辱与被损害的》（1861）这两部小说返回文学界。如果说他是在用《被侮辱与被损害的》对接始自《穷人》的人道主义文学传统，那么《死屋手记》则让我们得以窥见他在西伯利亚十年间的心路历程。之前，人们过于看重《死屋手记》的社会揭露性和现实批评意识，认为其作者是在用"死屋"隐喻当时的体制和国家，其实，此书乃一部复活的颂歌，是个人精神转变的文学呈现。陀思妥耶夫斯基本人这样定性《死屋手记》——"自己重获新生的故事"。在监禁和流放中，陀思妥耶夫斯基意识到两个问题，一是俄国上层社会和知识阶层与普通民众的相互脱离和相互敌视，一是底层人士甚至犯罪的底层人士身上也依然留存着爱的种子和信仰的光。这两点发现构成《死屋手记》的写作动机和主要内容，同时也为他之后的“土壤论”奠定了基础。由此，一部描写民族苦难的“人类学经验报告”却成为俄罗斯民族精神的颂歌，陀思妥耶夫斯基也因此被称为“新的但丁”。自19世纪60年代起，他和哥哥一同创办《时代》和《时世》杂志，正式开始宣传“土壤论”，其基本主张即“返回人民之根，返回对俄罗斯灵魂的认知，返回对人民精神的认同”。1861年俄国农奴制改革之后，陀思妥耶夫斯基体现出越来越明显的民族立场，甚至官方立场。1862年第一次欧洲之行后，他开始反思俄国与欧洲的关系，在旅欧游记《冬天记的夏天印象》（1863）中斥责西欧社会甚嚣尘上的个人主义，认为不再注重精神生活、不再坚持宗教信仰的西方已不配做俄国的样板。作为“土壤论”的奠基者，陀思妥耶夫斯基成为俄国19世纪中期最重要的社会思想家之一，他试图在相互对峙的西方派和斯拉夫派立场之外为俄国另寻出路。

自19世纪60年代中期起的十几年，是陀思妥耶夫斯基思想和创作的成熟期，其伟大小说家的地位日益稳固，其伟大思想家的影响也日益显现。这一时期，他的五部思想小说相继面世，即《罪与罚》（1866）、《白痴》（1869）、《群魔》（1872）、

《少年》（1875）和《卡拉马佐夫兄弟》（1880）。与此同时，他的政论也越写越多，他还创办了一份融新闻报道、政论文章和文学作品于一体的“杂志自留地”《作家日记》，以最直接的方式介入当时的社会舆论和思想斗争。他陆续提出“俄罗斯是载神民族”“俄罗斯人具有世界呼应性”“俄罗斯民族肩负特殊使命”“俄罗斯人是全人”等说法，最终形成他的具有弥赛亚意识的“俄罗斯理念”（русская идея）。这一理论在他的几部思想小说中均有鲜明体现，最后由他在莫斯科普希金纪念碑落成典礼上的演讲中做了集中表达，他也由此成为一个文化意义上的民族主义者。

陀思妥耶夫斯基的思想历程大致是从一个热爱文学、具有自由精神、追随空想社会主义的青年，到一个具有东正教信仰的虔诚信徒，再到一位宣扬俄罗斯民族独特性和使命感的文化先知和精神领袖。他一生中的每个思想转折都在他的小说中留下了清晰的痕迹，而他的每一部小说也都是他某一个思想观念的形象阐释。他用文学笔法阐释思想，让思想渗透进文学作品；他借助小说的形式来更好地表达思想，又用思想的力量来保证其小说的深度和力度。在陀思妥耶夫斯基这里，文学与思想相得益彰，小说家与思想家相互成就。用小说表达思想，用思想引领小说写作，这原本就是陀思妥耶夫斯基这样的思想家作家或曰作家思想家的存在方式。

言及陀思妥耶夫斯基的“思想小说”，人们多指他后期的五部长篇小说，即《罪与罚》《白痴》《群魔》《少年》和《卡拉马佐夫兄弟》。人们还仿照《圣经》中“摩西五经”的说法，把他晚期的五部小说合称为“陀氏五经”（великое пятикнижие）。但是，在人们关于陀思妥耶夫斯基思想小说的相关论述中，还有三部中篇小说也常被提及，即《双重人》《死屋手记》和《地下室手记》。这八部思想小说写作年代不同，长短不一，形式各异，题材也各有侧重，似乎在分别诉诸某一个“思想”：《双重人》把人的意识外在化，客体化，形象地呈现人的个性的分裂；《死屋手记》试图揭示非人环境中的人性和黑暗心灵中的光明；《地下室手记》突出个人的自由意志与逼仄的环境之间的冲突，进而凸显人的存在主义感受；《罪与罚》以主人公拉斯科尔尼科夫从现实的“犯罪”走向精神的“惩罚”之过程，探讨人的“为所欲为”与道德的“神圣法则”之间的对峙；《白痴》质疑一切存在的功利性目的及其可操作性，同时把基督的仁爱之美视为拯救世界的力量；《群魔》作为一部“思想倾向”最为明显的小说，是陀思妥耶夫斯基对俄国19世纪四五十年代激进社会思潮的清算，也是其“土壤论”的形象表达；《少年》以主人公阿尔卡季的精神成长史为线索，说明崇拜西方、漠视民族道德传统的“父辈”给“子辈”造成的遗

陀思妥耶夫斯基手稿

患；而《卡拉马佐夫兄弟》作为陀思妥耶夫斯基最后一部也是篇幅最大的一部小说，更是他思想和艺术的集大成者，是一部对善与恶、信仰与自由、生活的意义、上帝是否存在等“终极问题”进行思考的“思想史诗”。

陀思妥耶夫斯基的思想小说各自为政，但在它们之间也不难发现一些思想关联。将陀思妥耶夫斯基的所有思想小说概括起来，我们大致可以理出这样几个贯穿的思想脉络。

首先，陀思妥耶夫斯基的思想小说是“人学”，是关于人本身的探秘和思考，是文学人类学标本。陀思妥耶夫斯基18岁时就在给哥哥的信中这样写道：“人是一个秘密。应该去破解这个秘密，即便你终生都在做这件事，也不要说是在浪费时间；我始终在破解这个秘密，因为我想成为一个人。”而在晚年，他又写下这样一句名言：“人心是善与恶斗争的战场，魔鬼和上帝在这里对话。”这表明，陀思妥耶夫斯基在他的一生中自始至终都在关注人，关注人的内心和灵魂。他像19世纪所有俄国大作家一样，对人和人的生活，尤其是普通人的生存状态表现出极大的悲悯，对纯洁、善良的理想人物表现出强烈的憧憬。从《穷人》对“小人物”的刻画，到《被侮辱与被损害的》对人的尊严的呼唤，从《地下室手记》对人的自由意志的凸显，到《卡拉马佐夫兄弟》的结尾对人类和谐的希冀，陀思妥耶夫斯基的所有作品、整个创作都贯穿着人道主义的基调，就像杜勃罗留波夫在评论陀思妥耶夫斯基的早期小说时所说的那样，陀思妥耶夫斯基的小说内容就是“关于人的痛苦”（боль о человеке）。然而，与同时期许多俄国作家不太相同，陀思妥耶夫斯基更关注人的复杂性。我们前引的陀思妥耶夫斯基的两句话，无论说人是“秘密”，还是说人心是“善与恶斗争的战场”，都体现了陀思妥耶夫斯基观察人的一个独特视角，即他善于在某个临界点上观察人和人的灵魂，观察人的矛盾性，他发现每个人的心中都既有善也有恶，既有上帝也有魔鬼，既有仁爱也有残忍，既有慷慨也有自私。他早期小说《双重人》的标题，几乎可以用来概括他笔下所有主人公的特性。这样的文学人物塑造手法，实际上构成一种“文学人类学发现”，构成陀思妥耶夫斯基独特的“道德哲学”，即把善与恶的搏斗过程视为人性不断丰富、人自身不断成长的必由之路。由于陀思妥耶夫斯基对人的复杂性不留情面的剖析和呈现，他往往被称为“残酷的天才”，被视为一个恶毒的人，一个只盯着人的阴暗心理看的人，一个有着某种偷窥欲的人，这其实是对陀思妥耶夫斯基的最大误解。陀思妥耶夫斯基不是一个敌视人类及其存在的人，恰恰相反，他是对生活持正面看法的人，是主张“正面地”生活的人，他对人充满热情，寄予厚望。他在人的摇摆中肯定人的信仰，在人的不完善中看到人的价值，在人的复杂性中确立个性的存在意义，这充分体现了陀思妥耶夫斯基坚定的人道主义信念。

其次，陀思妥耶夫斯基的思想小说表现为一种独特的宗教哲学。陀思妥耶夫斯基笃信基督教，坚信作为基督教三大分支之一的东正教的普世价值，但是，他也把人道主义带入东正教信仰，认为信仰同样也可以是一种自由选择，也应该而且必须是一种自由选择的结果。自由选择，首先就意味着善恶选择，而只有怀有信仰的人才能意识到自己的存在价值和社会责任，才会对自我有更深刻的理解、判断和把握，他也才能成为更高意义上的自由人。因此，陀思妥耶夫斯基主张一种有自由的信仰，或曰有信仰的自由，即不以牺牲个性为代价的统一，是所有个人心甘情愿的“聚合”。陀思妥耶夫斯基坚持“神人”与“人神”的对立。所谓“神人”（Богочеловек）即具有人性的神，其实就是耶稣；而所谓“人神”（человекобог）则是近乎神的人，具有特殊能力和力量的人。陀思妥耶夫斯基反对人神，在他看来，神可以成为人，人却不能成为神；如果说神人是基督，那么人神就是反基督。在他的文字中，神人用大写字母开头，人神则以小写字母表示。他的小说中那些试图充当人神的人，比如《地下室手记》中的无名主人公、《罪与罚》中的拉斯科尔尼科夫、《群魔》中的斯塔夫罗金和《卡拉马佐夫兄弟》中的伊万等，都希望成为强人，成为“新的拿破仑”，成为“为所欲为的人”，但他们的尝试均以失败告终。人如果不信上帝，自视为上帝，上帝便不再存在，道德便不再存在。正是因为在西方基督教中发现了人神的冲动，陀思妥耶夫斯基才反过来肯定东正教的普世价值。他继承俄国东正教中“莫斯科是第三罗马”的传统学说，认为东正教是一种更纯洁、更正统的基督教，没有受到风行西方社会的个人主义和功利主义的侵袭，还保持着“聚合性”精神和恭顺的信仰。在小说《群魔》中，他借沙托夫之口做出这样的表达：

> 人民塑造自己的上帝。一个民族之所以成为民族，只因为它拥有自己特定的上帝，并排除其他所有不可调和的上帝，只因为它始终相信，它在上帝的帮助下能征服和摧毁其他所有的上帝……但真理只有一个，因此只有一个民族可以拥有它，并拥有唯一的、真正的上帝，尽管其他民族也可能拥有它们自己独特的上帝，甚至伟大的上帝。当下唯一的载神民族就是俄罗斯民族。

最后，陀思妥耶夫斯基的思想小说也是一种独特的历史哲学。陀思妥耶夫斯基早年曾对包括傅立叶的空想社会主义思想在内的西欧思想赞赏不已，心向往之，但在十年流放之后他却改变态度，开始对西方的一切抱有警觉。这种立场又促使他回过头去观察俄国的历史发展道路。面对彼得一世的改革，陀思妥耶夫斯基既不像恰达耶夫和普希金那样大加称颂，视其为俄国现代化的开端，也不像斯拉夫派那样，把彼得改革看成一桩人祸，是对俄国自身有机发展进程的阻断。陀思妥耶夫斯基给出的“俄罗斯解决方案”，就是他的“土壤论”和“俄罗斯理念”。陀思妥耶夫斯基认为，俄国的发展潜质和独特价值在于其本土传统，在于社会的基层，在于社会上下层的相互接受和拥抱，渗透着善和爱、信仰和宽容的俄罗斯土壤是民族复兴的社会基础，也是世界和谐的道德保障。这就是他的“俄罗斯理念”：“如果存在一种具有民族属性的俄罗斯理念，这理念归根结底就是全世界、全人类的统一”；“伟大的民族有引领世界的愿望，古罗马、法兰西做到了，德意志也跃跃欲试，现在轮到了俄国”；俄罗斯人都像普希金一样是“全人”，也就是具有“全世界的呼应性”，而具有“完整性、调解性和全人类性”的俄罗斯民族，注定要肩负世界各民族最终融合和统一的历史使命。

陀思妥耶夫斯基的思想小说既是文学人类学，也是宗教哲学和历史哲学。其实，这三者也是相互关联的：借助对人的深刻理解，陀思妥耶夫斯基发现了信仰的重要性；借助对信仰的思考，陀思妥耶夫斯基发现了东正教的强大道德力量；借助对东正教的信仰，陀思妥耶夫斯基最终发现了俄罗斯民族的载神属性和弥赛亚使命。我们可以说，陀思妥耶夫斯基在其小说中所体现出的思想，大致是审美的人道主义、理想化的东正教信仰和乌托邦的俄式社会主义之三位一体的合成。

陀思妥耶夫斯基思想小说的代表作，无疑就是《卡拉马佐夫兄弟》。陀思妥耶夫斯基于1878年夏开始写作这部小说，写了两年多，1880年11月完稿。此书面世后，陀思妥耶夫斯基立即着手写作小说的下一部。就在续写时，有一天他的笔杆掉到地上，滚到柜子下面，他在搬柜子时用力过猛，导致血管破裂，最终在1881年2月9日去世。未能最终完成的《卡拉马佐夫兄弟》，也就成了陀思妥耶夫斯基的绝笔之作。

《卡拉马佐夫兄弟》以卡拉马佐夫家这一“偶合家庭”的生活为描写对象，以紧张的弑父情节为线索，将卡拉马佐夫父子的命运压缩在一周的时间里进行叙述。作为一部史诗长篇小说，《卡拉马佐夫兄弟》的人物不算太多，不像《战争与和平》中有数百人出场。小说题为《卡拉马佐夫兄弟》，其主人公自然就是几个“兄弟”，除德米特里、伊万和阿廖沙三兄弟外，还有老卡拉马佐夫的私生子斯梅尔佳科夫。除四兄弟外还有四个主角——两个父亲和两个情人。两个父亲即四兄弟的父亲老卡拉马佐夫和阿廖沙的“精神之父”佐西马长老；两个情人，一是老卡拉马佐夫和长子德米特里为之争风吃醋的女人格鲁申卡，一是德米特里的未婚妻卡捷琳娜，可她却暗恋着德米特里

《卡拉马佐夫兄弟》插图

威廉·夏波　绘

（William Sharp，1900—1961）

的弟弟伊万。

在陀思妥耶夫斯基笔下，卡拉马佐夫一家人都不单单是行动的人，还都是“思想着的人”，每个人都代表着一种生活观和世界观，代表着一种对于上帝和信仰的认识。在小说中，卡拉马佐夫家的人似乎都在迫不及待地向别人倾诉自己的思想。

老卡拉马佐夫通过欺骗的婚姻获得财产，他游手好闲，荒淫无度，对几个儿子不管不顾。他不信上帝，嘲弄一切神圣的东西，但是他却和小说中的其他人物一样，经常被“有无上帝”的问题所纠缠，因而苦恼。他对阿廖沙说：“我无论多么傻，对这类问题总还是要想的。”在小说中部，老卡拉马佐夫在家中被人谋杀，几个兄弟中究竟谁是弑父凶手，这个悬念就此成为支撑小说故事框架、加速情节发展的因素。

嫌疑最大的弑父者是长子德米特里，他继承了父亲的好色习性和暴躁脾气，经常与父亲发生激烈冲突，更何况他们父子两人还在争夺财产和情人。但是，德米特里的内心同样有着信仰和无神论的冲突，他曾说：“尽管我卑劣下贱，可是上帝，我毕竟也是你的儿子啊！”父亲被害后，他的心灵受到巨大震撼，心中的上帝开始苏醒，他虽然不是弑父凶手，最后却甘愿去承受惩罚，决定用苦难来洗涤自己的罪过。

真正杀害老卡拉马佐夫的凶手是他的私生子斯梅尔佳科夫，他是老卡拉马佐夫奸污一个流浪街头的哑女之结果。斯梅尔佳科夫心理阴暗，但在弑父罪行败露之前他选择自杀，这个结局表明，他也许受到了良心的惩罚。

卡拉马佐夫兄弟中的老二伊万作为小说中无神论、无信仰的最突出代表，似乎成了陀思妥耶夫斯基的主要论敌，或者说，伊万体现了陀思妥耶夫斯基本人某些最矛盾、最深刻的思想意识。伊万温文尔雅，很有教养，他上过大学，是一名评论家。他是狂热的理性主义者和怀疑论者，他质疑一切，甚至怀疑信仰，他曾经对弟弟阿廖沙说："我并非不接受上帝的存在，我只是谢绝了他的拯救。"但是，伊万又是富有同情心的，面对生活中的种种不合理现象，他发出了自己的抨击，并将这些不合理现象当成否定上帝存在的理由和证明。小说第二部第二卷中的《宗教大法官》一节写到，伊万与弟弟阿廖沙长谈，说他写了一部题为《宗教大法官》的长诗，他在诗中讲述了这样一个故事：在16世纪西班牙的塞维利亚，当地年近90岁的宗教大法官遇见降临人间、四处行善的耶稣，便把耶稣关进监狱，并向这个囚犯发出一连串诘问和责难。面对宗教大法官的"审问"，耶稣始终一言不发。最后，宗教大法官还是决定释放耶稣，而耶稣则轻轻吻了一下宗教大法官的嘴唇。宗教大法官对耶稣的诘问洋洋万言，是伊万思想的系统表述，以下是他"原话"的压缩版：

你为什么到这里来妨碍我们呢？你离开的时候，把有关人类幸福的事情交托给了我们。你答应，你留下了话，确认你给我们系绳和解绳的权利，现在你自然不用再想从我们手里夺去这个权利。

一个伟大的精灵曾在旷野上用三个问题“诱惑”过你，当时你不肯接受它们。第一个问题是自由的选择。你只要把沙漠上的石头变成面包，人类就会像羊群一样跟着你跑，感激而且驯顺，尽管因为生怕你收回你的手、你的面包会马上消失而永远胆战心惊。但是你不愿意剥夺人类的自由，拒绝了这个提议。因为你这样想，假使驯顺是用面包换来的，那还有什么自由可言呢？你反驳说，人不能单靠面包活着。但是你可知道，大地的精灵恰恰会借这尘世的面包为名，起来反叛，同你交战，并且战胜你。能给人类食物吃的只有我们，用你的名义，或者假称用你的名义。唉，他们没有我们是永远永远不能喂饱自己的！他们一定会把他们的自由送到我们的脚下，对我们说：“你们尽管奴役我们吧，只要给我们食物吃。”他们终于自己会明白，自由和充分饱餐大地上的面包是两者不可兼得的。你并没有接过人们的自由，却给他们更增添了自由！对于人是再也没有比良心的自由更为诱人的了，但同时也再也没有比它更为痛苦的了。

有三种力量，地上仅有的三种力量，可以永远征服和俘虏这些意志薄弱的叛逆者的良心，使他们得到幸福，——这三种力量就是奇迹、神秘和权威。你把这三者全部拒绝了。绝顶智慧的精灵把你放在殿顶上，要你跳下去，说主会派使者用手接住你，带着你飞走，因此你不会落地摔死，那时你就可以知道你是不是上帝的儿子，那时你会证明你对于你的父的信仰是多么坚定。但是你听完以后拒绝了这个建议。你当时明白，你只要跨一步，只要做一个跳下去的动作，你就是在考验上帝，就是丧失对他的整个信仰，你会落在你前来拯救的大地上，摔得粉身碎骨，而引诱你的聪明的精灵就将欣喜若狂。然而你不知道，人一旦抛弃奇迹，他同时也就会抛弃上帝，因为人寻找的与其说是上帝，还不如说是奇迹。你被钉上十字架的时候，人们呼唤你从十字架上下来，以显示奇迹，你所以没下来，同样是因为你不愿意用奇迹降伏人，你要求的是自由的信仰，而不是凭仗奇迹的信仰。在你为了他们的自由受了许多苦以后，不安、骚乱和不幸却成了人们现在的命运。我们改正了你的事业，把它建立在奇迹、神秘和权威的上面。你说吧，我们这样教训，这样做，究竟对不对？我们这样平心静气地对待人类的软弱无能，满腔热爱地减轻他们的负担，而且在我们的允许之下也让这些软弱

的天性犯一下罪恶，难道我们不是爱他们吗？为什么你现在来妨碍我们？明天我要烧死你。（参考耿济之译文）

伊万的话让阿廖沙大惊失色，阿廖沙惊呼："你的那个宗教法官不信仰上帝，这就是他的全部秘密！""你不信上帝！"伊万无疑是《卡拉马佐夫兄弟》这部思想小说中最具思想性的人物，作为无神论者的伊万，其实又一直在寻求某种终极信仰，这就是他的思想的深刻矛盾性之所在。伊万从小就恨父亲，其实内心里也一直有弑父情结，但看到父亲真的被杀，尤其是在斯梅尔佳科夫向他承认了弑父行为之后，伊万意识到自己作为一个精神上的教唆者，其实是真正的凶手，因为他曾对斯梅尔佳科夫鼓吹人可以为所欲为的思想。伊万因此发疯，他在法庭上承认他就是弑父凶手，这自然是他精神失常后的一个举动，但也是他内心真实思想的流露，是他的一种自我惩罚。

老卡拉马佐夫最小的儿子阿廖沙纯洁善良，乐于助人，是一个有信仰的人，是陀思妥耶夫斯基精心打造的道德精神、理想性格的承载者。他在小说中起着穿针引线的作用，目的就是与其他几个主人公相会，倾听他们的谈话，与他们就信仰问题展开争论。但是，在那些紧张思索着的、苦苦挣扎着的复杂思想者的映衬下，阿廖沙及其思想就显得单薄而又苍白了。陀思妥耶夫斯基原本想在小说下一部中再集中地塑造阿廖沙的形象，阐释他的思想，但这个计划却由于他的去世而未能实现。

《卡拉马佐夫兄弟》的题词页上有一句从《圣经》中摘出的话："我实实在在地告诉你们：一粒麦子不落在地里死了，仍旧是一粒；若是死了，就结出许多子粒来。"这句话后来也被刻在陀思妥耶夫斯基的墓碑上。陀思妥耶夫斯基的思想的种子落在他的小说中，结出许多子粒来，幻化成小说中那些痛苦地徘徊着、思想着的主人公。

陀思妥耶夫斯基的思想小说不是要证明某个思想，而是在展示思想形成的过程；不是要宣扬某个思想，而是在揭示思想自身的复杂性；他似乎不对思想自身进行理性评判，而更愿意给出思想的辩证发展过程。阅读陀思妥耶夫斯基的思想小说，不仅是在与陀思妥耶夫斯基较量，也是在与他的人物角力，角力思想的深度和广度，而对于绝大多数陀思妥耶夫斯基的读者而言，阅读他的小说，就是在向他笔下的思想家主人公学习思维的方式和思想的能力。用读小说的方式读哲学，或者用读哲学的方式读小说，都有可能成为一件有意外收获的事情。

要写出真正的思想小说，首先就必须是一位思想家，而写出了真正思想小说的作家，也就成了精神领袖。有一千个小说家，就有一千种小说。小说可以是历史的演义也可以是现实的反映，可以是人生的故事也可以是爱情的悲剧，可以是幻想和魔幻也可以是非虚构，但陀思妥耶夫斯基启示我们，小说也可以是思想的，是思想的呈现和表述，是思想的生长和成熟。

《安娜·卡列尼娜》中的细节

安娜从彼得堡去莫斯科调解兄嫂的家庭矛盾，却在莫斯科车站下车时迷倒与她偶遇的渥伦斯基，在舞会上与渥伦斯基热情舞蹈之后，安娜有些乱了方寸，她赶紧逃离莫斯科，返回彼得堡，渥伦斯基则乘上同一趟列车，一路紧随。

> 到了彼得堡，火车刚一停下，她就下了车。首先引起她注意的，就是丈夫的脸。“哎呀，我的天！他的两只耳朵怎么变成这个样子了？”看着他冷冷的、仪表堂堂的形象，尤其是那两只如今让她十分惊讶的、支着圆礼帽边沿的耳朵，她心里想道。

纳博科夫注意到了这个场景，他在给美国学生讲解《安娜·卡列尼娜》时特意提及这一细节：

> 在卡列宁于彼得堡车站迎接安娜归来的那个著名场景中，她突然发现他那两只平平常常的耳朵大得出奇，支棱着的样子令人生厌。之前安娜从未注意到卡列宁的耳朵，因为她从未带着批判的目光看待丈夫，因为他是她生活中不可分割的一个部分，她早已无条件地接受了这种生活。但是现在，一切都发生了变化。她对渥伦斯基的激情就像一束耀眼的白光，原先的生活在这束强光的照耀下就像是死亡星球上的死亡风景。

安娜发现了卡列宁的大耳朵，托尔斯泰发现了安娜的发现，纳博科夫又发现了托尔斯泰的发现，于是，我们也就发现并记住了小说《安娜·卡列尼娜》中的这个著名细节。

细节描写是托尔斯泰最得心应手的小说写作方式之一，作为一位现实主义作家，他自然要塑造典型环境中的典型性格，而细节描写对于典型性格的塑造来说是不可或缺的。小说中的所谓“细节”，就是被作家特别关注的某个细微之处，人物或环境的某个局部。作家像是拿着一个放大镜，甚至架起一台显微镜，把这些他认为无比重要的细部放大，并将其置于叙事的焦点，就像置于舞台的追光之下，以使读者更快、更多、更敏感地注意到它。细节是文学叙事的基本要素之一，没有细节就没有鲜活的形象和具体的场景，没有细节也就没有小说叙事。

《安娜·卡列尼娜》中的细节大致可划分为两大类，即人的细节和物的细节；而这两大类细节又可再做细分，与人相关的有肖像细节、动作细节和心理细节等，与物相关的则有物件细节、场景细节和风景细节等。

《安娜·卡列尼娜》的故事围绕三对夫妻展开，即卡列宁和安娜夫妇、列文和吉蒂夫妇以及斯吉瓦和陀丽夫妇，而渥伦斯基作为一个交叉性人物将这三对关系联结起来，他是斯吉瓦的朋友，又先后插足另外两对夫妻的关系。这七个主要角色都活灵活现，都具有其性格独特性和生命力，而他们的性格逻辑往往就是通过作者对他们的相貌、语言、动作和心理等方面的细节描写体现出来的。在这七个人物中，安娜、卡列宁、渥伦斯基和列文四人又是主角中的主角。

安娜是以她的名字命名的这部小说中的一号女主角，是托尔斯泰这部小说中最光彩照人的女主人公，但是，托尔斯泰在小说中对安娜的相貌描写其实着墨并不太多，仅突出了她身上的三个细节，或者说是三个“亮点”：眼中的亮光，黑色的鬈发，轻盈的步态。

安娜的首次出场是在小说第一部第十八章，对于一位小说女主角来说，这样的出场可谓姗姗来迟。对安娜的第一次相貌描写是借助渥伦斯基的眼睛来完成的（这也是托尔斯泰的惯用手法，他小说中的人物肖像描写几乎全都从其他人物的视角来展开），渥伦斯基去火车站迎接从彼得堡返回莫斯科的母亲，在车厢门口遇见与他母亲乘坐同一个包厢来到莫斯科的安娜，安娜的美貌和气质让他忍不住回头多看了一眼，安娜恰好也在同时回头，于是，渥伦斯基在安娜那双“明亮的、在浓密的睫毛下面显得乌黑的灰眼睛”里看到了“一道闪光”，“她有意要收敛眼中的光，但那光却违反她的意志，又闪现在那勉强可以觉察出的笑容里”。在这之后，托尔斯泰一次又一次地写到安娜眼中的“闪亮”（блеск）、“光”（свет）或是“火”（огонь）。渥伦斯基追随安娜回到彼得堡，在彼得堡车站的站台上再次看到安娜，发现“她的眼睛里却有点什么闪了一下，尽管那火闪了一下就熄灭了，他却因这一瞥而感到幸福”。渥伦斯基结识安娜之后，“在他每次与安娜交谈时，她的眼里都会闪光”。而在安娜意识到自己完全不爱丈夫卡列宁之后，“她睁着眼睛一动也不动地躺了很久，那眼睛里的光芒，她觉得自己在黑暗中也能看得见”。然而，随着小说情节的推进，陷身于生活旋涡中的安娜却开始不时眯起眼睛，托尔斯泰强调这是安娜的一个“新习惯”。小说第六部第十八至十九章写安娜与嫂子陀丽谈心，在这两个章节之内，托尔斯泰就三次写到安娜的眯眼（щуриться）："安娜不再看朋友的脸，并且眯起眼睛（这是她的新习惯，陀丽之前没有见过她这样）"；"安娜眯起眼睛说话，眯得只看见合在一起的睫毛"；"安娜眯起眼睛，好像在凝视远方的什么东西"。"陀丽不知为何这时忽然想起安娜喜欢眯眼的奇怪的新习惯，而且她还想到，安娜眯眼，正是在涉及内心生活方面的时候。"安娜在自杀前最后一次拜访陀丽时，陀丽问她什么时候离开莫斯科去乡下庄园，"安娜眯起眼睛望着前方，没有回答"。安娜眼中的光芒，是她激情的自然流露和投射，这是丘比特的箭，是一团烈焰，到她开始遮蔽自己眼中的这道光芒时，她可能已经意识到，这道目光已经点燃了一场终将吞噬一切的大火。

安娜身上的第二个细节特征，就是她优美的黑色鬈发（черные курчавые волосы）。渥伦斯基第一次见安娜时，并未看到她的黑发，可能因为安娜当时戴着帽子，但在后文，托尔斯泰却多次让安娜这头鬈发从帽子里钻出来，翘出来，以展现安娜这满头鬈发的任性和不服帖。陀丽去渥伦斯基家的庄园做客，在马车上远远地就看到骑在马上、英姿飒爽的安娜，"看到她秀美的头，那从高高的女帽里露出来的黑色头发，那身着黑色骑手服的苗条身段"。安娜的儿子谢廖沙在思念母亲时，满大街找妈妈，认为"任何一个丰满、优雅的黑头发女人都是他的母亲”。俄国当代作家巴辛斯基新近出版一本讨论《安娜·卡列尼娜》的书，书名是《安娜·卡列尼娜的真实故事》，他在书中谈及安娜这头黑色鬈发的来历：托尔斯泰在一次聚会上被普希金的长女玛丽娅的美貌所惊倒，因为玛丽娅作为具有八分之一非洲人血统的普希金的女儿，生有一头鬈曲的黑发，这给托尔斯泰留下深刻印象，托尔斯泰后来就把这头黑色鬈发留给了安娜。此外，在俄国人的心目中，黑发也往往具有某种东方的异国情调，具有某种神秘色彩和诱惑力。出现在莫斯科舞会上的安娜，没有如吉蒂所预料的那样身着紫色长裙，而是一袭黑色长裙，她最终迷倒渥伦斯基，或者说诱惑了渥伦斯基。黑色的鬈发和黑色的长裙一样，都构成安娜肖像的基本色调。小说中关于安娜头发的另一个细节也很传神：安娜在生孩子时得了产褥热，在病中被剃去秀发，她的脑袋于是似乎成了一把黑色的刷子。这是安娜的禁欲阶段，是她的忏悔期，她的黑色鬈发也因此消失，但待她逃离丈夫，逃离家庭，她的黑发也就更自由地飘逸起来，如陀丽在渥伦斯基庄园看到的那样。直到她卧轨自杀之后，渥伦斯基还注意到，躺在车站一张大桌子上的安娜，“头上盘着沉甸甸的发辫，鬓角和美丽的脸上粘着一缕缕鬈发”。

安娜身上的第三个细节特征就是她“轻盈的步态”（быстрая, лёгкая походка）。小说中的安娜既丰满又庄重，走起路来却迅捷轻快，动作也很干脆有力，比如在与人握手的时候，这应该是她丰盈的甚至过剩的精力和活力的外溢。在安娜刚出场不久，托尔斯泰就写道："她迈着迅速的脚步走进门来，她相当丰满的身体却能迈出如此轻盈的脚步，令人称奇。"而在生命的最终时刻，她依然"迈着轻快的步态沿着从水塔通向铁轨的台阶走下去，走向在身旁驶过的火车"。

可怜的卡列宁，自从他那对无辜的大耳朵被安娜盯上之后，他就在安娜眼中乃至所有《安娜·卡列尼娜》的读者眼中失去了任何魅力，并被涂抹上某种漫画色彩。在安娜开始有些见异思迁之后，她曾回顾她与丈夫持续了八年之久的共同生活，她的内心里响起两个声音，一个在说丈夫的好话，一个在反驳这些好话。"他毕竟是一个很好的人，诚实善良，在自己的事业上很有成就。"但就在此时，卡列宁的耳朵再次发挥了决定性作用，因为安娜突然想道："不过他的耳朵怎么支棱得那么怪呢！是不是因为他刚理过发呢?"在这之后，安娜就要被迫每天面对卡列宁"支棱着的大耳朵"（торчащие уши）了。卡列宁的耳朵原本可能并不十分难看，可自从它成了安娜心目中丈夫的种种不可爱之处，即虚伪、枯燥、冷淡和一本正经等性格特征的象征物之后，安娜就再也无法忍受这对耳朵及其主人了。

除此之外，卡列宁的另一个习惯动作也让安娜忍无可忍，这就是掰手指（пожимать пальцы）。看到妻子在晚会上与渥伦斯基当着众人的面躲在角落的小桌子旁长时间私聊，卡列宁提前回家，并决定等妻子回家后好好与她谈一谈。这时，“他把两手的手指交叉在一起，掌心朝下，使劲一抻，手指的关节就噼啪作响起来”，“这个动作，这个不好的习惯，也就是十指交叉并让指头噼啪作响的动作，总能让他镇静下来”。听到安娜上楼的脚步声，卡列宁“站在那里，掰一掰交叉的手指，想看看还有什么地方会发出响声来”，结果，“只有一个关节发出了噼啪声”。在与安娜谈话期间，卡列宁再次掰响指头，这响声与卡列宁那些“谆谆教诲”一样令安娜厌恶，她忍不住喊道：“哎呀，请你别再掰响指头了，我实在是不喜欢。”之后，每逢遇到什么棘手的事情，卡列宁依旧会掰指头。但随着小说情节的发展，他的这个“怪习惯”却似乎逐渐变得有底气了。比如，在安娜请求卡列宁让她见渥伦斯基最后一面时，卡列宁“掰了两下指头，垂下了头”。这一次，安娜没有再表示反对。（第四部第十九章）比如，面对十分欣赏卡列宁的丽季娅伯爵夫人，卡列宁掰起指头来也很放松，甚至像在炫耀：“卡列宁皱起眉头，弯起胳膊，噼啪作响地掰着指头。”（第五部第二十二章）

与一些电影和戏剧舞台上的渥伦斯基形象不同，也与许多《安娜·卡列尼娜》的读者想象中的渥伦斯基形象不同，托尔斯泰笔下的渥伦斯基其实并非一个十足的美男子，这是“一个身材不高、身体强壮的黑发男子”，还早早地有些“谢顶”。但是，渥伦斯基外貌上的两个细节却在小说中被反复提及，即他“整齐密实的牙齿”（крепкие сплошные зубы）和“笔挺的身体”。笔挺的身体来自他的军人身份，他毕业于武备学校，又是宫廷侍卫，终日戎装，自然有此身姿，但作者一次又一次写到他的牙齿，则让人有些不解。在第一部第三十四章结尾，渥伦斯基听战友讲了一个笑话，他笑得前仰后合，之后很久，一想起这个笑话，“他就会露出一嘴密实而又整齐的牙齿，哈哈大笑起来”。在第二部第四章，他在剧院中与表姐贝特西说话时面带微笑，同样“露出一嘴整齐的牙齿”。第四部第三章，他与安娜谈话时也“露出了一嘴密实的白牙”；第四部第二十三章，在渥伦斯基自杀未遂之后，安娜决定离开家庭，跟渥伦斯基出国旅行，大难不死的渥伦斯基再次“露出密实的白色牙齿笑着”。有人发现，渥伦斯基“整齐密实的牙”很像马的牙齿，渥伦斯基爱马，也善于骑马，他在障碍赛马中的落马却歪打正着，迫使安娜最终向丈夫坦白了她的背叛。渥伦斯基无疑有着比赛用马一样的标致和英俊，也有着比赛用马一样的大胆和莽撞。让人意外的是，在小说结尾，当列文的哥哥柯兹内舍夫在站台上遇见以志愿兵身份前往塞尔维亚战场的渥伦斯基时，却发现后者正被牙痛所折磨，“他那结实的牙齿的剧痛使他嘴里充满口水，他无法说话了”。渥伦斯基一口密实的白牙最终成为他的痛苦之源，这无疑也是某种暗示。

如果说渥伦斯基的牙齿所具有的寓意还比较隐蔽，那么小说中在描写列文外貌时反复出现的一个细节，其含义则比较明显。小说中的列文，无论是在城市还是乡村，无论是在晚会还是舞会，无论是与人交谈还是独自思想，都会一次又一次地“脸红”（краснеть），这个俄语动词数十次地出现在关于列文的描述中。时时处处的脸红，无疑是列文淳朴善良的天性之自然流露，也是他倔强执拗的性格在面对现实环境时所做出的激烈反应，同时也象征作为乡村乌托邦之代表的列文在都市文明中的尴尬处境。第三部第二十六章写列文前往县首席贵族斯维亚日斯基家做客时的一个场景，就特别传神地写出了列文的性格。斯维亚日斯基很想撮合自己的姨妹和列文，列文对此心知肚明，当晚，宾主在一起喝茶聊天：

> 列文挨着女主人坐在茶桌旁，他应该和女主人以及坐在他对面的姨妹说话。女主人是一个圆面孔、金头发、身材不高的女子，脸上一直带着两个酒窝和微笑。列文竭力想通过她探索出她丈夫这个谜的谜底；但是，列文却失去了思想的自由，因为他感到很不自在。他很不自在，是因为他觉得坐在对面的姨妹特意为他穿了一件连衣裙，特意

开了梯形的领口，露出白皙的胸口。这个四边形的领口，尽管她的胸口非常白，或者说恰好因为她的胸口非常白，却剥夺了列文的思想自由。他想，他以为这领口是为他开的，这也许错了，所以他认为自己无权看这胸口，于是就尽量不看；可是他又感觉到，单单因为开了这样的领口，他就有过错。列文觉得，他好像欺骗了谁，他应该做一些解释，可是又觉得无论如何也无法解释，因此，他一直红着脸，感到不安，感到很不自在。

……

“您亲自在教书吗？”列文问道，竭力不去看那领口，可是他觉得，无论朝哪个方向看，他都会看到那个领口。

斯维亚日斯基姨妹白皙的胸口和列文涨红的脸庞，构成了一个鲜明的比照。

就这样，安娜闪亮的眼睛、黑色的鬈发和轻盈的步态，卡列宁支棱着的耳朵和掰手指的动作，渥伦斯基密实的牙齿，以及列文涨红的脸庞，都是托尔斯泰在人物肖像描写、动作描写上的点睛之笔，这些细节在小说中始终伴随着四个主人公，构成他们醒目的识别符号和个性名片。

车尔尼雪夫斯基曾将托尔斯泰的创作手法命名为“心灵辩

安娜在舞会上

亚历山大·尼古拉耶维奇·萨莫赫瓦洛夫　绘

（Александр Николаевич Самохвалов，1894—1971）

证法”，作为小说家的托尔斯泰的确是一位人物心理描写的大师，而托尔斯泰的心理描写，首先就体现为人物对外部细节做出的心理反应。《安娜·卡列尼娜》中最典型的心理细节描写，无疑就是对安娜卧轨前四次乘车时的内心感受之再现。安娜三次乘坐马车，两次是去与嫂子陀丽告别时的往返，一次是去火车站，而在火车车厢里的几十分钟，则是安娜人生中最后的旅程。这四次乘车构成小说第七部的最后四章，即第二十八至三十一章。

在乘坐马车去哥嫂家的前夜，安娜与渥伦斯基爆发了激烈争吵，她一夜没睡好，还服用了鸦片。早晨，她从窗口看到渥伦斯基与索罗金娜公爵小姐在门前交谈，那是渥伦斯基母亲托索罗金娜公爵小姐给渥伦斯基捎来文件，但安娜知道渥伦斯基的母亲试图让渥伦斯基娶这位公爵小姐，随后，渥伦斯基去了离莫斯科数十公里远的他母亲的庄园。妒火中烧的安娜接连给渥伦斯基送去一张便条，发去一封电报，要他立即回家，但渥伦斯基没有接到便条。在此之前，安娜已得知卡列宁最终拒绝离婚的消息。在这些因素的综合作用下，安娜陷入绝望，她就是在这种状态下乘马车去哥嫂家的。安娜坐在马车的角落里，望着窗外不断变换的景物，她看到的每个细节都会在她心中激起剧烈的心理波动。菲里波夫面包铺：她想到他们会把面发好之后送往彼得堡，因为莫斯科的水好，安娜是从莫斯科嫁到彼得堡去的，她由此回忆起自己无忧无虑的少女时代。油漆的味道：他们为何老是不停地油漆呢？气味真难闻。一个男子向她鞠躬致意：是她的女仆安努什卡的丈夫，丈夫一词让她想起渥伦斯基，又进而想到卡列宁。街上有两个姑娘在笑：她们大概是想到爱情了吧？她们还不知道爱情有多么无聊。三个男孩在跑：安娜想到了谢廖沙，想到她会永久地失去儿子……

离开哥嫂家的返程路上，安娜的心情比来的时候更糟，在痛苦之上又添加了屈辱。路上有两个行人在说话：难道一个人能把自己的感觉说给另一个人听吗？她感觉到陀丽和吉蒂都会看不起她的。迎面驶来的马车上有一个胖胖的、脸色通红的先生，他错把安娜当成熟人，脱帽致敬，露出闪亮的光头，安娜心想：他以为他认识我，可是他不认识我，天下没有谁认识我，我自己也不认识我自己。两个男孩在买冰激凌：我们都喜欢吃甜的、香的东西，没有糖果吃，就吃这脏兮兮的冰激凌，吉蒂就是这样，没有渥伦斯基，就要列文。邱特金理发店：我常在这里做头发，我要把这告诉渥伦斯基，不过，现在没有谁可以告诉了。晚祷的钟声响了，一个商人在认真地画十字：这钟声和这装模作样的动作有什么意思呢？只是为了掩饰我们相互间的仇恨，就像这些破口大骂的车夫……

回到家里，安娜依然没有看到渥伦斯基的回信，只接到一封冷冰冰的电报："十点之前我回不去。渥伦斯基。"于是，她决定追到渥伦斯基母亲的庄园去。在去火车站的路上，安娜持续着她由外部细节所引发的紧张的心理活动。一些乘坐马车去郊游的人：你们带着狗出去玩，也是枉然，你们无法摆脱烦恼。一个被警察带走的醉鬼：我和渥伦斯基都没找到这样的乐趣，渥伦斯基的爱情不过是虚荣心的满足，我从他的荣耀变成了他的累赘，他的耻辱。一个骑在马上的店员：这个人是想出风头。一条条街道，一座座房子：有多少人啊，却都是相互仇恨的。一个带着孩子要饭的女人：她以为会有人可怜她呢。几个中学生：我以为我爱谢廖沙，可是没有他我居然也照样过日子，我拿他去换取了另一种爱……

上了火车，安娜的心理活动依然是在视觉细节的触动下进行的。“一个又脏又丑的男人，戴着平顶制帽，帽子底下露出蓬乱的头发，从车窗外走过，弯下身子检查火车车轮”，安娜突然感到“这个男人有点面熟”，这就是她多次梦见的死神；一对夫妇走进来，男的与安娜搭讪，安娜立即感觉到这对夫妇彼此间的仇恨；站台上响起第二遍铃声，人们发出一阵喧闹和笑声，安娜感到恼火，因为没有什么可欢呼、可高兴的事情；列车开动时，坐在对面的那个丈夫画了一个十字，安娜恶狠狠地盯了他一下，真想问问他这样做是什么意思；夕阳映照着车窗，微风吹拂着窗帘，安娜陷入沉思；列车到了车站，安娜看着站台：“为什么那个列车员要顺着横杆跑过去，为什么那个车厢里的年轻人在嚷嚷？他们为什么说话，为什么笑？一切都是假的，一切都是谎话，一切都是欺骗，一切都是罪恶！……”

安娜眼中这些相互之间毫无关联的细节，在她近乎崩溃的意识中串联在一起，交织在一起，构成最终压倒她的一根又一根稻草。这一组组密实的细节蒙太奇，为她的卧轨自杀做了充分的心理铺垫。

除了与人物相关的外貌细节、动作细节和心理细节之外，《安娜·卡列尼娜》中的细节也体现为物的细节。物的细节有大有小，有虚有实，有的一闪而过，有的反复再现，有的是简单的象征，有的则是复杂的隐喻。

第二部第二十二章，在卡列宁家位于彼得戈夫的别墅的露台上，已经怀孕的安娜面对前来约会的渥伦斯基，心里一直在犹豫是否把怀孕之事告诉渥伦斯基，她对渥伦斯基说她正在想一件重要的事情，被吊起胃口的渥伦斯基不断追问，安娜“没有回答，稍稍把头低了低，皱起眉头，带着询问的神气用她那双明亮的眼睛从长长的睫毛底下望着他。她那把玩着一片树叶的手哆嗦着”。在渥伦斯基一再追问下，安娜“心里想着，眼睛还是那样看着他，并且感觉到那把玩树叶的手哆嗦得越来越厉害了”。最后，安娜告诉渥伦斯基：“我怀孕了。”这时，“她手中的树叶哆嗦得更厉害了”。从“哆嗦着”到“哆嗦得越来越厉害了”，再到“哆嗦得更厉害了”，从把玩树叶的手的哆嗦到手中树叶自身的哆嗦，安娜手中这片小小的树叶（листок）在一页不到的篇幅里出现了三次，这片树叶传导出安娜手的哆嗦，也传导出了她心灵的震颤，她情感的波动。

与安娜手中的那片小小的树叶相比，列文两次目睹的天空（небо）无疑就是“大的细节”了。第三部第十二章，割了一天草的列文躺在草垛上过夜，快到黎明时，一切都安静下来，只能听到沼泽地里的蛙鸣和草地上的马在晨雾中打响鼻的声音，列文仰望星空，他把自己这一夜的思绪归结为三种：一是抛弃过去的生活，抛弃他过去所接受的无益的教育和无用的知识；二是过他现在所希望过的生活，也就是像农民那样纯朴、正当的生活；三是如何从原来的生活过渡到新的生活，这一点他虽然还没想清楚，但毫无疑问，就是这一夜把他的人生道路决定了。

> “多美啊！”他望着停在天空中央他的头顶上的贝壳般的奇形怪状的朵朵白云，想道，“这美好的夜晚的一切多么美好啊！什么时候一下子就出现了这么多的贝壳呢？刚才我仰望天空，天空还什么都没有，只有两片白云。是啊，我对人生的看法也就这样在不知不觉间改变了！”

这个场景很容易使人联想到《战争与和平》中安德烈负伤之后仰望天空、内心突然产生顿悟的那个著名段落。

在《安娜·卡列尼娜》的结尾（第八部第十九章，即小说的最后一章），列文再一次仰望天空：

> 他没有去人声笑语不断的客厅，却在露台上站着，倚着栏杆，仰望天空。
>
> 天已经完全黑下来，在他眺望的南方已经没有云了。乌云停留在相反的一方。那边电光闪闪，还有很远的雷声。列文倾听着花园里椴树上均匀的滴水声，仰望着他熟悉的三角形星群和从其中心穿过的银河及其支流。电光一闪，不仅银河，而且所有灿烂的星星都消失了，但只要闪电一熄灭，所有的星星就好像被一只万无一失的手抛出来，立刻又出现在原处。

这夜晚的星空让列文最终意识到，这就是“上帝对整个苍茫人世的普遍显现”，如果不能理解善，不能理解永远可以在我们自己心中找到的善，如果不能以这种理解为基础，生活就将是毫无意义的。列文的所思所想，无疑也是托尔斯泰自己的“天问”之结果。

《安娜·卡列尼娜》中布满许多贯穿整部小说的细节，安娜手里提的那只“红色手袋”（красный мешочек）就是其中之一。安娜的这只手袋首次出现在第一部第二十八章，舞会之后，安娜有些心神不定，她决定提前返回彼得堡，在与嫂子陀丽交谈时，嫂子觉得她今天有些怪，安娜说她不是怪，是心里不好受，她有时会这样，老是想哭，这是很傻的，不过很快就会过去。安娜在急匆匆地说这些话的时候，“把红了的脸俯在玩具似的手袋上，同时把睡帽和麻纱手绢塞进了手袋”。托尔斯泰此时尚未交代安娜手袋的颜色，只说安娜把自己涨红的脸贴在手袋上；托尔斯泰既说手袋小得像玩具，但随后又说它能容纳睡帽和麻纱手绢。安娜在把睡帽和手绢装进手袋的同时，无疑也在藏匿她有些慌乱的心情，她的手袋是一个私密的保险箱。在接下来的一章，坐进返程列车包厢的安娜，“用灵巧的纤手打开红色手袋，再锁上，拿出一个小靠枕，放在自己的膝盖上，把两条腿裹得好好的，舒舒服服地坐了下来”。过了一会儿，发现同包厢的乘客无人可以聊天，她就“从手袋里拿出一把裁纸刀和一本英文小说”。车外暴风雪肆虐，车里的暖气忽冷忽热，安娜的书读得心不在焉，此时，安娜的手袋由女仆安努什卡拿着，“安努什卡已经打起瞌睡，红色手袋放在她的膝盖上，由一双戴着手套的大手抓着，手套已经残破了”。安娜最私密的手袋却拿在别人手上，拿着这手袋的手还戴着一副残破的手套，这一切都带有某种不祥的预兆。小说快到结尾时，在第七部第二十九至三十一章，安娜的这只手袋又被四次提及：在决定去车站时，安娜吩咐套马，自己动手把这几天要用的必需品装进手袋，“她知道她再也不会回到这个家里来了”；乘坐马车到达火车站，她把钱包交给去买车票的仆人彼得，“自己也拿着那只不大的红色手袋从马车里钻了出来”；坐进车厢后，她颓然坐在套了肮脏白布套的软座上，“手提包在弹簧座位上颤动了几下，就不动了”；列车到站后，安娜走下站台，一番剧烈、疯狂的心理活动之后，她终于决定卧轨自杀：

> 她想倒进已经开到她面前的第一节车皮下方的中部，但她被正在从胳膊上取下的红色小手袋给耽搁了，已经晚了，那节车皮过去了，得等下一节车皮。这时，她的整个心情就像游泳时准备下水时那样，于是她画了一个十字。画十字这个习以为常的动作，立即使她回忆起童年时期和少女时代的一系列往事，笼罩一切的黑暗顿时烟消云散，刹那间，人生带着过去全部的幸福与欢乐浮现在她眼前。但是，她的眼睛并未离开快要驶到面前的第二节车皮的车轮。不早不晚，就在前后两排车轮的正中间来到她面前的

安娜卧轨前的一刹那

亚历山大·尼古拉耶维奇·萨莫赫瓦洛夫　绘

（Александр Николаевич Самохвалов，1894—1971）

那一刻，她扔掉红色手袋，脑袋往肩膀里一缩，两手着地扑倒在车皮下方，微微动了动，好像准备马上站起来似的，又扑通一声跪了下去。

安娜这只红色手袋在小说中先后出现八次，就像一根贯穿的红线。作为一个物体细节的红色手袋，在安娜的生活和命运中构成一个危险的信号，一个禁止的警示，尽管它最终未能阻止安娜卧轨，而只是“耽搁了”片刻。

像安娜的红手袋一样，小说中的物的细节大多具有某种象征意义或隐喻色彩，而《安娜·卡列尼娜》中让人印象深刻的隐喻细节，可能要数暴风雪（метель）和蜡烛（свеча）。

安娜在舞会之后逃离莫斯科，列车开动时，她发现雪花击打着车窗，并沾在窗玻璃上，一位列车员在窗外闪过，他衣服裹得紧紧的，半边身子都落满了雪。紧接着，这场暴风雪就在她的心里翻卷起来，手边的那本英国小说再也读不下去了，因为，“跟踪别人的生活足迹并不愉快，她太想亲身经历一番了”。她像是自己走进小说，走进了“罗曼史”（俄语中的“小说”和“罗曼史”是同一个词），然后又从小说回到现实，回忆起舞会上的渥伦斯基，感到有些害臊，又不知这害臊自何而来。渐渐地，她陷入一种幻想状态，感到喜悦和激动，感到颤抖，感到喘不过气来。她感觉有个男人在啃墙壁，感觉坐在对面的老太太的腿有整节车厢那么长，感觉那个身上落满雪花的人对着她的耳朵喊了一声……原来是到站了，到了位于莫斯科和彼得堡两地中间点上的博洛戈耶站。安娜走出车厢透透气，“狂风和暴雪迎面朝她扑来，跟她争夺车门，她觉得这也很快活……那风好像就在等着她呢，这时高兴地呼啸起来，想把她卷起来，把她刮走”。就是在这个站台上，就是在这场暴风雪中，渥伦斯基突然出现在安娜面前：“您到哪儿，我就到哪儿。我没办法不这样做。”于是，“暴风雪的恐怖景象，安娜此时觉得更加壮美了”。暴风雪是俄国文学中的常客，常被作为一种具有破坏力的自然因素，一种摧枯拉朽的原始力量。在普希金的短篇小说《暴风雪》中，一场风雪暂时阻碍了两个有情人的教堂婚礼。但是在《安娜·卡列尼娜》中，暴风雪却是安娜内心激情的外化，它既象征着一场涤荡一切的情感风暴，也预示着一种吞噬一切的欲望之火，就像勃洛克在他的组诗《雪面具》中把爱情形容为“雪篝火”一样。值得一提的是，小说中紧接着这场暴风雪之后的场景，就是安娜在彼得堡车站与丈夫的见面，也就是说，在这场暴风雪之后，卡列宁的耳朵就在安娜的目光中变形了，变得难看了。

在具有东正教信仰的俄国，蜡烛常被视为光明的象征，信仰的象征，生命的象征，灵魂的象征。列文因为“衬衫事件”

而迟到，在他走进教堂时，斯吉瓦·奥勃朗斯基跑过来，半开玩笑地问他用什么样的蜡烛，是用点燃过的还是没点燃过的蜡烛，因为价钱不一样，列文坚定地说："对！对！用没点燃过的！"婚礼开始时，"教堂里一片肃穆，就连一滴蜡烛油落下来的声音都能听见"。然后，"教堂司祭点燃两支雕花蜡烛"，交给了列文和吉蒂，两位新人手持蜡烛，接受神父的祝福，"吉蒂那拿着蜡烛、戴着长手套的手颤抖起来"。（第五部第四章）婚礼上的蜡烛给列文和吉蒂带来了希望和幸福，照亮了他俩之后的生活道路，而陪伴安娜生命最后一夜的蜡烛，却成了她生命之火熄灭的象征。"她睁着眼睛躺在床上，在一支残烛的微光中望着天花板的雕花檐板和屏风投上去的一片阴影"，想象着她死后渥伦斯基会有怎样的反应。"突然，屏风的阴影晃动起来，把所有的檐板、整个天花板全都遮住，另有一些阴影从另一边朝她涌来；有一刹那所有的阴影都散了开去，可是后来又飞快地涌上来，晃晃悠悠，融成一片，于是又是一片黑暗。'死神！'她想道。她害怕得不得了，老半天都不明白她是在什么地方；原来是那支蜡烛点完了，灭了，她想再点燃一支，可是两只手哆哆嗦嗦，老半天都摸不到火柴。"等到终于点燃蜡烛，她举着蜡烛走进渥伦斯基的书房，用烛光照亮熟睡中的渥伦斯基的脸，"忍不住流下了深情的热泪"。（第七部第二十六章）

细节作为小说中最重要的构成因素之一，却似乎一直没有获得小说理论家们的足够重视。对于小说的叙事结构、人物形象、情节、语言等范畴，人们的论述汗牛充栋，而关于小说细节的理论阐述却很少见，这或许是因为小说细节的呈现过于庞杂、多样和分散，难以定性和归类，难以进行理论上的把握和概括。福斯特在他的《小说面面观》中分别探讨了小说的故事、人物、情节、幻想、预言、模式和节奏，却未论及细节。

帕乌斯托夫斯基在他的随笔《车站小吃部里的老人》中引用了契诃夫的一句名言："没有细节，物就没有生命。"他在这篇随笔里还写道，文学作品中的细节是精挑细选的结果，而且在大多数情况下，此类选择都是借助艺术直觉完成的。善于"发见和把玩细节"（notice and fondle details），也被纳博科夫视为优秀读者的秘诀之一。阅读一部小说，说到底就是阅读其中的细节。对细节的感悟和阐释，就是读者与作者彼此心照不宣的交流过程，就这一意义而言，或许存在着某种细节的接受美学。小说中好的细节都是"能说话的细节"（говорящая деталь），其中蕴含着无尽的内涵和寓意，面对这样的细节，每一个读者都必须独自做出自己的理解和阐释，解码或填充。

细节运用上的优劣，也是衡量一位作家创作水准的最醒目标准之一。一句当代俗语或许也可以很贴切地用在小说写作上：“细节决定成败。”小说中的细节绝非可有可无的零件和配件，而是小说鲜活的肌体本身，可以说，没有细节就没有叙事，没有细节就没有小说。如果说一部小说是一棵参天大树，那么细节就是它不可或缺的“细枝末节”。

《尤利西斯》的现代性

1902年，20岁的文学青年乔伊斯与爱尔兰最著名的诗人叶芝在都柏林一家咖啡馆见面，乔伊斯有些自命不凡，两人的交谈因此并不投机。分手时，乔伊斯问叶芝多大年纪，叶芝说他36岁（不知出于什么考虑，叶芝把自己的年龄减去一岁，他当时其实37岁），乔伊斯便说："太遗憾了，你无法受到我的影响了。"乔伊斯的确未能影响到比他年长的、作为诗人的叶芝，但他却影响到了他之后的每一位小说家，无论这种影响是被动的借鉴，还是积极的拒斥。乔伊斯对后世文学的影响主要源自他的长篇小说《尤利西斯》，而《尤利西斯》的影响又主要源自其深刻的现代性。

所谓"现代性"（modernity），是一个十分笼统甚至含混的概念。西方思想史中的"现代"（modern）一词最早出现于中世纪的经院神学，其拉丁语词根有“当下”“此刻”等意，当时人们用这个词来区分古罗马帝国和基督教世界，亦即古代和现代。汤因比在《历史研究》一书中把人类历史划分为四个时期，即黑暗时代、中世纪、现代和后现代，他所谓的“现代”即指文艺复兴和启蒙时代。此后，现代性这一概念便开始具有“创新”和“突破”等内涵，喻示从神到人、从愚昧到科学、从信仰到理性的过渡。而到近现代，现代性一词又被添加上某种强烈的质疑精神和反叛意识。在20世纪的文学艺术中，现代性更是成为人们普遍追求的一种话语风格和审美境界，成为创作个体用来捍卫自由和差异的有力武器，由此演进出一场轰轰烈烈的现代主义文学运动。将关于现代性的这种理解带入对《尤利西斯》的阅读，我们不难发现，《尤利西斯》的现代性不仅深植于作品自身，也发散至小说以外。

《尤利西斯》被誉为西方现代派小说的开山之作，首要原因就是其令人目瞪口呆的意识流写作方式。“意识流”（stream of consciousness/поток сознания）是美国心理学家威廉·詹姆斯1884年提出的一个心理学概念，他后来在《心理学原理》（1890）一书中对此做了进一步阐释，他将人的意识喻为一道潺潺流动的水流，视之为一个不间断的、充满变化的主观心理过程。1918年，辛克莱将这一概念用于评论英国作家瑞恰生的小说《旅程》，意识流从此成为一个文艺学概念。在此前后兴起的一些欧美心理学说，如柏格森的直觉主义哲学和心理时间论、弗洛伊德的精神分析理论和荣格的人格学说等，都对意识流文学的形成和发展产生了强大的刺激和推动作用。在意识流文学成了气候之后，人们才发现，其实此前的文学中早已有过意识流文学的范例，如陀思妥耶夫斯基在《地下室手记》中对于主人公“地下室人”的潜意识的传导，托尔斯泰在《安娜·卡列尼娜》中对于安娜卧轨之前心理活动的描写，等等。在《尤利西斯》面世前后，欧美文学中也不约而同地出现了许多意识流文学作品，如别雷的《彼得堡》(1916)、伍尔夫的《墙上的斑点》(1917)、普鲁斯特的《追忆似水年华》(1927）和福克纳的《喧哗与骚动》(1929）等，它们共同汇成一道波澜壮阔的意识流文学潮流。在所有意识流文学作品中，乔伊斯的《尤利西斯》或许是最具代表性的。

小说《尤利西斯》由三部18章构成，它描述三个普通的都柏林人自1904年6月16日早晨8点到次日凌晨2点这18个小时的生活。第一部的三个章节主要写斯蒂芬·迪达勒斯，这个青年诗人刚从巴黎留学归来，在一所私立学校任历史教师，他与另外两个青年租住在海边一座古炮台里，早餐后他去学校领了薪水，然后去海边溜达。斯蒂芬的母亲临终时曾让斯蒂芬跪下祈祷，斯蒂芬没有照办，他之后因此一直怀有负罪感；斯蒂芬的父亲酗酒成性，导致家道中落，斯蒂芬几乎与父亲断绝关系，但生性敏感、终日沉湎于思考的他却始终在暗暗地寻求自己的精神之父。第二部12个章节的主角是利奥波德·布卢姆和他的妻子摩莉。布卢姆是一个报纸广告推销员，犹太裔匈牙利人。犹太人的身份使他时时处处谨小慎微，儿子在出生11天后夭折，丧子之痛使他与妻子在情感上出现问题，最终导致两人间的性障碍。得知妻子的情人博伊兰下午4点将来他家与他妻子幽会，布卢姆于是借故离家，满城游荡，先后来到邮局、教堂、药店、墓地、报社、餐馆、图书馆、酒吧、妓院、海滩、妇产医院等处，与各色人等交往和对话，其间时刻在烦恼妻子的出轨，同时也在与他的"书面情人"玛莎通信，对沙滩上的瘸腿美女格蒂进行意淫。第三部的三个章节以"归家"为主题，写布卢姆在酒馆与斯蒂芬相遇，在斯蒂芬被两名英国大兵击倒后，布卢姆出手相助，在幻想中把斯蒂芬当作自己的儿子，温情地带他回到自己家，两人一起喝了一杯热可可之后，斯蒂芬拒绝布卢姆要他留下过夜的建议，离开布卢姆家。布卢姆悄悄上床，与妻子简单交谈了几句，半睡半醒的妻子摩莉脑中的一通胡思乱想构成全书的最后一个章节。

如此漫长的一天和如此阔大的空间，都需要主人公的意识流来做填补；如此简单的情节和如此模糊的人物，都有待主人公的意识流来做扩充。换句话说，乔伊斯是在用人物的意识流

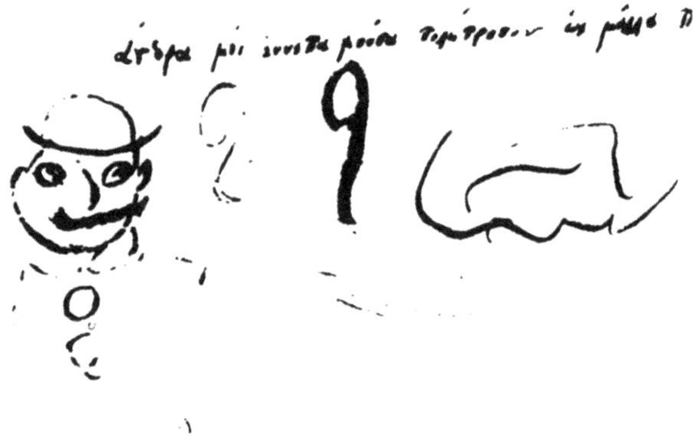

乔伊斯为布卢姆造像

来建构《尤利西斯》的文本。小说中的三个主角成了意识流的行为主体，较之于他们的所作所为，他们的思想和感受、想象和梦境、联想和幻觉等才是小说叙事的主要对象，甚至可以说，《尤利西斯》的基本构成就是三个主角的意识流。

在小说第三章开头，吃过早餐后的斯蒂芬来到海边漫步，面对一望无际的大海他浮想联翩：

可视事物无可避免的形态：至少是对可视事物，通过我的眼睛认知。我在这里辨认的是各种事物的标记，鱼的受精卵和海藻，越来越涌近的潮水，那只铁锈色的长统靴。鼻涕青，蓝银，铁锈：带色的记号。透明的限度。然而他补充说：在形体中。那么，他察觉事物的形体早于察觉其带色了。怎样察觉的？用他的头脑撞过，准是的。悠着点儿。他歇了顶，又是一位百万富翁。有学识者的导师。其中透明的限度。为什么说其中？透明，不透明。倘若你能把五指伸过去，那就是户，伸不过去就是门。闭上你的眼睛去看吧。

斯蒂芬闭上两眼，倾听着自己的靴子踩在海藻和贝壳上的声音。你好歹从中穿行着。是啊，每一次都跨一大步。在极短暂的时间内，穿过极小的一段空间。五，六：持续地。正是这样。这就是可听事物无可避免的形态。睁开你的眼睛。别，唉！倘若我从濒临大海那峻峭的悬崖之巅栽下去，就会无可避免地在空间并列着往下栽！我在黑暗中呆得蛮惬意。那把梣木刀佩在腰间。用它点着地走：他们就是这么做的。我的两只脚穿着他的靴子，并列着与他的小腿相接。听上去蛮实，一定是巨匠造物主那把木槌的响声。莫非我正沿着沙丘走向永恒不成？喀嚓吱吱，吱吱，吱吱。大海的野生货币。迪希先生全都认得。（萧乾、文洁若译文）

大海的涌动呼应着斯蒂芬意识的涌动，大海的深邃折射着斯蒂芬思想的玄秘，斯蒂芬脑海里翻滚着的尽是先哲们提出的概念，他感觉自己正从都柏林的沙丘海滩走向永恒；与此同时，潮水、海藻和贝壳等又在提醒他，他正置身于一个既抒情却又现实的场所。最后，贝壳使他联想到货币，联想到他的校长迪希，因为他刚从校长那里领到这个月的薪水。

如果说，斯蒂芬的意识流是波澜壮阔的“大海意识流”，那么布卢姆的意识流则大多是日常的，甚至是猥琐的，比如他早晨的这段“如厕意识流”：

他蹲在凳架上，摊开报纸，在自己赤裸裸的膝上翻看着。读点新鲜而又轻松的。不必这么急嘛。从从容容地来。《珍闻》的悬赏小说:《马查姆的妙举》,作者菲利普·博福伊先生是伦敦戏迷俱乐部的成员。已经照每栏一畿尼付给了作者。三栏半。三镑三先令。三镑十三先令六便士。

他不急于出恭,从从容容地读完第一栏,虽有便意却又憋着,开始读第二栏。然而读到一半,就再也憋不住了。于是就一边读着一边让粪便静静地排出。他仍旧耐心地读着,昨天那轻微的便秘完全畅通了。但愿块头不要太大,不然,痔疮又会犯了。不,这刚好。对。啊!便秘嘛,请服一片药鼠李皮。人生也可能就是这样。这篇小说并未使他神往或感动,然而写得干净利索。如今啥都可以印出来,是个胡来的季节。他继续读下去,安然坐在那里闻着自己冒上来的臭味。确实利索。马查姆经常想起那一妙举,凭着它,自己赢得了大笑着的魔女之爱,而今她……开头和结尾都有说教意味。手拉着手。写得妙!他翻过来又瞅了瞅已读过的部分,同时觉出尿在静静地淌出来,心里毫无歹意地在羡慕那位由于写了此文而获得三镑十三先令六便士的博福伊先生。(萧乾、文洁若译文)

最后,“他把获奖小说吱啦一声扯下半页,用来揩拭自己”,然后开心地“从昏暗中走进大千世界”,去参加迪格纳穆先生的葬礼。此时，他的妻子摩莉还躺在床上。在小说中，这个性感的中年妇女（34岁）似乎一直躺在床上，一直躺到小说的结尾。半夜2点多，布卢姆回家后上床，被惊动的摩莉开始了她的“床第意识流”：

> 哎唷　深处那可怕的急流　哦　大海　有时候大海是深红色的　就像火似的　还有那壮丽的落日　再就是阿拉梅达园里的无花果树　对啦　还有那一条条奇妙的小街　一座座桃红天蓝淡黄的房子　还有玫瑰园啦茉莉花啦天竺葵啦仙人掌啦　在直布罗陀作姑娘的时候我可是那儿的一朵山花儿　嗯　当时我在头发上插了朵玫瑰　像安达卢西亚姑娘们常做的那样　要么我就还是戴朵红玫瑰吧　好吧　在摩尔墙脚下　他曾咋样地亲我呀　于是我想　喏　他也不比旁的啥人差呀　于是我递个眼色教他再向我求一回　于是他问我愿意吗　嗯　说声嗯　我的山花　于是我先伸出胳膊搂住他　嗯　并且把他往下拽　让他紧贴着我　这样他就能感触到我那对香气袭人的乳房啦　嗯　他那颗心啊　如醉如狂　于是我说　嗯　我愿意　嗯。（萧乾、文洁若译文）

三个主人公，三种不同的意识流。就受教育程度而言，这三人分属三个层次：斯蒂芬大学毕业，是哲学家型的诗人，是满腹经纶的历史教师（他在很大程度上是乔伊斯的自画像，他之前即已在《一个青年艺术家的肖像》中扮演主角）；摩莉是一个没有多少文化的女歌手，她虽迷恋享乐，十分性感，却也天性善良，具有音乐天赋；布卢姆的文化修养介于斯蒂芬和摩莉之间，他有与现实妥协的意愿和挥之不去的嫉妒心，也有诗意和欲望。于是，这三个人物的所思所想便体现为三种不同类型、不同风格的意识流。总体而言，斯蒂芬的意识流是充满诗性和哲理的，是“一个青年艺术家”的抒情哲理意识流；布卢姆的意识流是庞杂的、变幻的生活意识流；而摩莉的意识流其实仅集中出现一次，即小说的结尾一段，其中充满她对青春岁月以及与她有染的几个男性的回忆，可称之为性意识流。不同的意识流体现出鲜明的个性色彩，意识流由此成为人物心理的再现方式和人物性格的塑造手段。

在《尤利西斯》中，乔伊斯似乎是根据小说人物的重要程度来分配他们的意识流篇幅的，越重要的人物，其意识流就越多，尽管次要人物也有其意识流，甚至还有众多人物的共时意识流（如第十章）。在小说中，斯蒂芬率先出场，他的意识流因此也出现得最早，而摩莉的意识流被用作结尾，在这一头一尾之间，占据小说最多篇幅的是布卢姆的意识流。随着小说叙事的进行，《尤利西斯》中意识流的比重似乎越来越大，小说开头三章大体上仍属于传统的现实主义写法，而在此后，意识流描写越来越多，直到最后一章的“纯意识流”。与意识流在这部小说中的发展构成呼应的，是意识流在乔伊斯整个创作过程中的不断强化。乔伊斯一生共出版四部小说，这四部小说似乎构成一部意识流手法的演进史：短篇小说集《都柏林人》（1914）基本上是现实主义风格，是一部再现都柏林人“精神瘫痪”的“道德史”；自传体长篇小说《一个青年艺术家的肖像》（1916）中已开始出现现实主义和意识流的融合；而在《尤利西斯》之后创作的长篇小说《芬尼根守灵夜》（1939），其中的神秘和晦涩的意识流大大超过《尤利西斯》，这部作品里已无任何情节和人物，文字游戏和语言实验达到了极致。

《尤利西斯》中的意识流手法与同一时期出现的俄国形式主义理论构成呼应，象征着西方文学的“向内转”走向。俄国形式主义认为，其之前的文艺学所研究的均为文学的“外部规律”，即文学的内容范畴，如今到了研究文学的“内部规律”即形式范畴的时代。乔伊斯的《尤利西斯》表明，对于人的“外部特征”，即人的生活和命运、外貌和行为等的描写是一种真实，而对于人的心理、意识，乃至潜意识、下意识和非意识等的探究，则有可能发现另一种真实，这是一种更高意义上的“现实主义”。读到《尤利西斯》的最后一章，曾经为乔伊斯患有心理疾病的女儿露西亚诊疗的心理学家荣格不禁感叹：“全书最后那没有标点的40页真是心理学的精华，我想只有魔鬼的祖母才能把一个女人的心理琢磨得那么透彻。”自《尤利西斯》始，意识流就不再仅仅是一种叙事手法和修辞风格，而成了小说的描写对象和内容构成，甚至成为一种审美方式和文学立场。

为呼应意识流的创作动机和主旨，乔伊斯进行了一系列复杂的语言实验和形式创新。为表现意识的无处不在和深不可测，他引经据典，四处埋雷，他颇为得意地宣称：“我在书中置入大量谜团，足够教授们争论数百年，以弄清我的真实意图。”《尤利西斯》于是成为一座文学知识的迷宫，心理感受的密室，充满无尽的阐释可能性。

为了再现意识的瞬息万变、五花八门的蒙太奇特性，乔伊斯让《尤利西斯》成为一只语言的万花筒，其中有古英语、拉丁语和十几种外语，也有各种冷僻词、口语和俚语，以及借助语法、句法和词法等手段进行的各种文字游戏。

为了表现人类意识的庞杂和丰富，乔伊斯更是在文体方面进行了前无古人的尝试，使《尤利西斯》成为一个多种文字风格的复合体。雨果曾在他的浪漫主义宣言《〈克伦威尔〉序言》中把有史以来的文体分作抒情的、史诗的和戏剧的三种，而这三种风格在《尤利西斯》中似被融为一体了。就具体的文

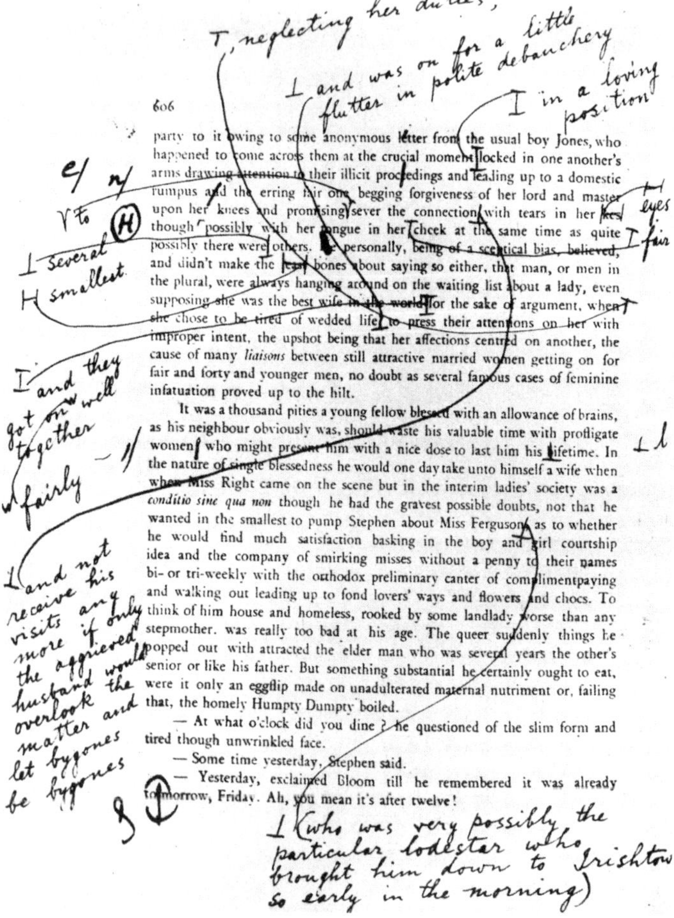

606

party to it owing to some anonymous letter from the usual boy Jones, who happened to come across them at the crucial moment locked in one another's arms drawing attention to their illicit proceedings and leading up to a domestic rumpus and the erring fair one begging forgiveness of her lord and master upon her knees and promising sever the connection with tears in her kes though possibly with her tongue in her cheek at the same time as quite possibly there were others. He personally, being of a sceptical bias, believed, and didn't make the least bones about saying so either, that man, or men in the plural, were always hanging around on the waiting list about a lady, even supposing she was the best wife in the world for the sake of argument, when she chose to be tired of wedded life to press their attentions on her with improper intent, the upshot being that her affections centred on another, the cause of many *liaisons* between still attractive married women getting on for fair and forty and younger men, no doubt as several famous cases of feminine infatuation proved up to the hilt.

It was a thousand pities a young fellow blessed with an allowance of brains, as his neighbour obviously was, should waste his valuable time with profligate women who might present him with a nice dose to last him his lifetime. In the nature of single blessedness he would one day take unto himself a wife when Miss Right came on the scene but in the interim ladies' society was a *conditio sine qua non* though he had the gravest possible doubts, not that he wanted in the smallest to pump Stephen about Miss Ferguson as to whether he would find much satisfaction basking in the boy and girl courtship idea and the company of smirking misses without a penny to their names bi- or tri-weekly with the orthodox preliminary canter of complimentpaying and walking out leading up to fond lovers' ways and flowers and chocs. To think of him house and homeless, rooked by some landlady worse than any stepmother. was really too bad at his age. The queer suddenly things he popped out with attracted the elder man who was several years the other's senior or like his father. But something substantial he certainly ought to eat, were it only an eggflip made on unadulterated maternal nutriment or, failing that, the homely Humpty Dumpty boiled.

— At what o'clock did you dine? he questioned of the slim form and tired though unwrinkled face.

— Some time yesterday, Stephen said.

— Yesterday, exclaimed Bloom till he remembered it was already tomorrow, Friday. Ah, you mean it's after twelve!

《尤利西斯》校样，上有乔伊斯的修订字迹

学体裁而言，这里有神话、史诗、民间传说、戏剧、诗歌等体裁元素，也有对城市民谣、学术论文、新闻报道甚至音乐作品的借鉴。

最让人叹为观止的是，《尤利西斯》的18个章节系用各种截然不同的文体写成，每个章节似乎都有其独特的文体，且不同的文体是与不同的场景和描述对象密切相关的。比如，第七章的情节发生地主要在报馆，这一章的文字就是仿新闻体，像是很多篇新闻报道的合成；第九章写到斯蒂芬在图书馆的发言，这一章的语言因此近乎学术论文；第十一章写众人在酒吧交谈，这一章的叙事便采用了音乐作品式的复调结构，乔伊斯甚至让文字像歌词一般分行排列；第十三章写布卢姆在沙滩上对格蒂的意淫，文字上显示出对当时妇女杂志通俗语体的戏仿；第十四章写布卢姆去妇产医院看望难产的米娜·普里福伊太太，乔伊斯用布卢姆绵延不绝的意识流模仿女人怀孕生产的过程，同时又用十月怀胎的过程来隐喻英文散文文体的发展过程，他前后使用了30余种文体，模仿了20余位作家的语言风格，从古盖尔文、古拉丁文、古英文到班扬、笛福、斯特恩、谢里丹、吉本、德·昆西、狄更斯、卡莱尔等人的作品，构成一个英文文体的大拼盘和大合唱；在第十七章，乔伊斯模仿天主教《要理问答》的样式，以一问一答的方式来处理布卢姆和斯蒂芬两人的关系，亦庄亦谐，妙趣横生。乔伊斯正是以这样一种文体狂欢化的方式使小说《尤利西斯》成为一种超体裁、跨体裁的作品，一部文体的百科全书。

《尤利西斯》的写作表明，任何一种文体都可以成为一种文学修辞手段，都具有审美意义，任何一种材料都可以成为艺术创作的材料，反过来，任何一种文体也都可以成为文学的戏仿对象。在《尤利西斯》之后，小说的叙事空间被无限扩大，小说的文体风格也无限多样化了，用梁文道先生的话来说就是："《尤利西斯》之后，再也没有什么事情是小说做不到的了。"

《尤利西斯》与荷马史诗《奥德赛》的互文关系是"乔学"中最引人关注的问题之一，这个问题也是《尤利西斯》的现代性最突出的显现之一。被乔伊斯用作书名的"尤利西斯"（Ulysses），就是荷马史诗《奥德赛》中的主角奥德修斯（Odysseus）的拉丁化名称，一如爱神在古希腊神话和古罗马神话中分别称作阿芙洛狄忒和维纳斯。这个书名当然会使其读者联想到荷马的那部史诗，但乔伊斯还觉得不够，他在1922年11月10日写给舅妈约瑟芬的信中又亲自点明了《尤利西斯》与《奥德赛》的关联："您说其中有许多看不懂的地方，我早就建议您先读一读《奥德赛》。"从此，把《尤利西斯》和《奥德赛》对比着读，似乎就成了《尤利西斯》所有读者的必修课。

人们热衷于在两部作品间搜寻相似之处，手持放大镜甚至使用显微镜，试图发现两部作品在结构、情节和人物等方面的每一个相互呼应的细节，并因此沾沾自喜，津津乐道。

其实，这样的读法在一定程度上是上了乔伊斯的当，因为他有意在这两部作品之间设置若隐若现的互文关系，其主要目的恐怕仍在于戏仿，其主要动机恐怕仍是彰显解构精神。这两部作品固然有诸多相似，但是，与其说《奥德赛》是《尤利西斯》的“潜文本”，莫如说《尤利西斯》是《奥德赛》的“反文本”，《尤利西斯》在情节、人物乃至风格等方面都是对《奥德赛》的颠覆。《奥德赛》写了奥德修斯历经艰辛的十年归家路，《尤利西斯》却只写了布卢姆平淡无奇的一天游荡；奥德修斯最终杀死了追求他妻子的所有男子，布卢姆却主动把家让给了妻子的情人；奥德修斯父子得以团聚，布卢姆遇见始终在寻找精神之父的斯蒂芬，并对他体现出慈父般的关怀，可斯蒂芬最终却离布卢姆而去，寻父无果而终。《尤利西斯》中的几个主角，甚至连一些次要人物，的确都可以在《奥德赛》中觅得“原型”，可他们大多构成荷马史诗中那些英雄的对立面，是“反英雄”：作为勇敢无畏、足智多谋的英雄奥德修斯之现代版本的布卢姆，却谨小慎微，鸡零狗碎；与不屈不挠、执着寻父的奥德修斯之子特勒马科斯相比，斯蒂芬显得萎靡不振，心不在焉；在坚贞不屈、高风亮节的贤妻良母佩涅洛佩的映衬下，水性杨花、随遇而安的摩莉更是“相形见绌”。

乔伊斯自幼熟读经典，对古希腊古罗马神话故事也了如指掌，中学时就曾写下一篇题为《我喜爱的英雄尤利西斯》的作文，还得了奖。奥德修斯海上历险的故事始终令他难以忘怀，尤其是英国作家兰姆的那本《尤利西斯历险记》（1808），更给乔伊斯留下深刻印象。乔伊斯一直记得兰姆在该书序言中写下的这段话：“尤利西斯的故事里除人以外还有海神、巫婆、巨人、妖女等等，他们象征着人生外在的力量和内心的诱惑。这些具有双重意义的艰难险阻是任何一个有智慧、有毅力的人都必然会遭遇到的。”乔伊斯用《尤利西斯》来讽拟《奥德赛》，无疑是具有现实指向的。

有一些乔学家认为，乔伊斯这样的写法是在借古讽今。英国作家福斯特就提出，《尤利西斯》是“一部表现卑琐和幻灭情绪的史诗”。然而，也有人从相反的角度看待这一问题，即认为乔伊斯意在借今讽古。最著名的乔伊斯传记作家艾尔曼（Richard Ellmann）称“《尤利西斯》实为《奥德赛》的和平主义版本”，他认为布卢姆其实继承并发展了奥德修斯的生存智慧，他虽然没有勇士般的强壮体魄，却同样具有不可征服的精神，“布卢姆的胜利在于他的精神”，“布卢姆身上最神圣之处在于他体现的人性”。也就是说，乔伊斯所设置的“奥德赛结构”也体现了他对英雄传说之崇高的消解，他特意将平淡无奇的当代人及其生活与古希腊英雄及其壮举并列，其实也在彰显平淡的当代生活所蕴含的尊严和价值。如果说《尤利西斯》的“荷马对应原则”是一种讽喻，那么其对象可能不仅是布卢姆等当代人的“精神瘫痪”，可能也包括古希腊英雄们血腥的崇高。不过，无论是借古讽今还是借今讽古，《尤利西斯》都体现出了强烈的现代性，甚至后现代性。

对于《尤利西斯》所蕴含的这种现代性和后现代性，也有一些富有现代性和后现代性的解读。纳博科夫在美国大学课堂上讲解《尤利西斯》，他这样对他的学生们说：“我尤其要告诫你们，不要把利奥波德·布卢姆在都柏林夏日某天的无聊闲逛和小小冒险看作是对《奥德赛》的准确的、滑稽的模仿，把广告推销员布卢姆看作一个扮演足智多谋的奥德修斯或尤利西斯的角色，以为布卢姆那个与别人通奸的妻子代表贞洁的佩涅洛佩，而斯蒂芬·迪达勒斯则扮演着特勒马科斯……在书中的每一个人物身上、每一个场景当中寻找这种准确的相似，完全是在浪费时间……一切艺术都是象征的，但是对于那些有意将艺术家的精妙象征变成书呆子陈腐寓言的批评家，我们要大喊一声‘捉贼’。”纳博科夫还提醒学生们注意，《尤利西斯》最初在杂志上连载时，每个章节都有一个与《奥德赛》有所关联的标题，但在全书完整出版时，乔伊斯却把这些可能会让人望文生义的标题悉数删除。关于《尤利西斯》和《奥德赛》间的互文关系，另一位乔学家里兹（Arthur Walton Litz）有个更为巧妙的说法：“荷马史诗的框架，对于乔伊斯本人创作时所起的作用或许要比它对于读者在阅读小说时所起的作用更大。”他认为，《奥德赛》其实是乔伊斯在建造《尤利西斯》这座庞然建筑时搭建的脚手架，待工程完工，这套脚手架无疑必须被拆除。

《尤利西斯》的现代性既是形式的现代性，也是内容的现代性，既有文本内的现代性，也有文本外的现代性。《尤利西斯》的内容现代性和文本外现代性，其实就是乔伊斯在这部作品中所体现出的现代意识和现代精神。乔伊斯在1904年8月29日写给爱人诺拉的信中说道：“我的内心拒绝接受整个现行的生活秩序和基督教——家庭、公认的美德、阶级与宗教教义。”的确，在民族立场、文化取向、宗教信仰、伦理习俗等方面，作为《尤利西斯》作者的乔伊斯都体现出了与众不同的立场，且这些立场又往往是充满悖论的。

乔伊斯是一位具有强烈爱尔兰民族意识的作家，同时也是一位对爱尔兰民族文化持有某种批判立场的作家。乔伊斯出身于中产阶级家庭，受担任税务高官的父亲影响，他很关注政治和时局。爱尔兰在12世纪时便遭英国入侵，后在1801年被强行并入英国版图，成为英国殖民地，乔伊斯的童年和青年时期都是在英国殖民统治下度过的，这样的民族身份不可能不对乔伊斯及其创作产生深刻影响。《尤利西斯》的写作正值爱尔兰民族解放运动的高潮期，在《尤利西斯》正式面世时，爱尔兰南部26郡终获得自治权（独立的爱尔兰共和国的建立是在乔伊斯去世八年后的1949年），这样的时间吻合也在《尤利西斯》中留下了痕迹，即这部作品的反英色彩。小说主人公之一斯蒂芬面对来自牛津的英国人海因斯，时刻感觉自己是“一名仆人，一个侍候仆人的人”，因为英国人自称是上帝的仆人。看到一个爱尔兰老太婆来给海因斯送牛奶，斯蒂芬便想道：“一个四处奔波的老太婆，侍候着征服她的人。”听说海因斯有意记录斯蒂芬的“警句”，斯蒂芬想道：“他们洗了又洗，擦了又擦，良心的谴责、内疚。可是这儿还有一点血迹。”斯蒂芬在这里引用了莎士比亚《麦克白》一剧中的台词，麦克白夫人怂恿丈夫杀人后，总觉得自己手上也留有血迹。听到海因斯说“你是你自己的主宰”时，斯蒂芬立即答道：“我是一仆二主，一个英国的主人，一个意大利的主人。”这句话暗含着对奴役爱尔兰的英国殖民制度和罗马教权的双重抗议。我们还记得，在街头殴打斯蒂芬的也是两个英国大兵。斯蒂芬对于英国人的态度，当然代表了乔伊斯本人对英国的态度。但是，我们也要注意到，乔伊斯对于反殖民运动中的爱尔兰的态度其实也是有所保留的，他很早就离开祖国“自我流亡”，他自称这样做是出于对狭隘的、萎靡不振的爱尔兰人民的失望，他曾在《一个青年艺术家的肖像》中借主人公之口高呼："流亡是我的美学，不管它的名字是社会、教会还是祖国！"

1904年的一天，乔伊斯在都柏林街头的一场冲突中被人打倒在地，一位名叫亨特的中年人把他扶起来送回家（一如《尤利西斯》中布卢姆对斯蒂芬的所作所为），后来乔伊斯听说亨特是个犹太人，受人歧视，妻子也对他不忠，乔伊斯对此十分震动，于是对弟弟说，他想以亨特为原型写一个短篇小说，标题就叫《尤利西斯》。虽然乔伊斯直到1914年才动手写《尤利西斯》，但这部小说的主题之一却是他当初惦记在心的犹太人命运。布卢姆的低调谦和，在很大程度上是因为他的犹太人身份，在这一天之内，他就先后遭到迪希校长、穆利根、酒馆里的闲汉、妓院老鸨、英国士兵等人的粗暴对待，尤其是那个"公民"的歧视和侮辱。布卢姆被医科学生迪克森叫作"新型女性男人"，被穆利根说成"属于两性畸形型"，更被"公民"骂为"半阴半阳人，非驴非马的角色"。穆利根说爱尔兰之所以是唯一没有迫害过犹太人的国家，是"因为爱尔兰从来没有放他们进来过"。乔伊斯在《尤利西斯》中展示爱尔兰人的这种反犹心理，其目的在于抨击爱尔兰民族的狭隘心理，他把犹太问题当成一面镜子，以此来映照爱尔兰人和欧洲其他民族的精神状态。爱尔兰人虽与犹太人一样，均为欧洲的受压迫民族，但爱尔兰人却体现出了与那些霸权民族如出一辙的民族主义，这让乔伊斯感到痛心疾首。由此，他成了本民族的批判者，一如他是爱尔兰文化的捍卫者。正是在这个意义上，乔伊斯曾在给友人的信中称《尤利西斯》为“一部两个民族（以色列和爱尔兰）的史诗”。

对于故乡城都柏林，乔伊斯也表现出了这样的矛盾态度。一方面，他称都柏林为“亲爱的却肮脏的城市”，称他的作品主题就是都柏林人的“精神瘫痪”；另一方面，在离开故乡城之后，他却对他生于斯、长于斯的都柏林城充满乡愁，他所有的作品都是以这座城市及其居民为描写对象的，《尤利西斯》对于都柏林的描写如此真实精确，使得乔伊斯可以放出这样的豪言：“如果都柏林有朝一日在地震中毁灭了，你们可以根据我的《尤利西斯》来重建它。”《尤利西斯》使都柏林成为了一座真正意义上的世界文学之都，如今一年一度的“布卢姆日”的举办就是一个最好证明。

乔伊斯的宗教态度也近似于他的民族立场。乔伊斯生于天主教家庭，受过洗，接受过严格的神学教育，曾是一位虔诚的天主教信徒，因为他忏悔真诚，嗓音出众，还曾被建议去做修士。但是后来，尤其是在开始文学写作之后，乔伊斯逐渐对教会和神权产生抵触情绪。《詹姆斯·乔伊斯》（2006）的作者吉布森（Andrew Gibson）在谈到青年时期的乔伊斯时写道：“他

乔伊斯在都柏林，1904年

康斯坦丁·彼得·柯伦　摄

（Constantine Peter Curran，1883—1972）

当然是现代的和反叛的，他自豪地宣布他丢失了信仰。”早在《一个青年艺术家的肖像》中，乔伊斯就让主人公道出这样的心声：“我不侍奉我已经不相信的东西。”在《尤利西斯》中，斯蒂芬再次喊出“我不侍奉！”的口号。斯蒂芬在母亲临终时拒绝遵循母亲的要求下跪祈祷，这也是他的宗教立场之体现，他之后始终因此而负疚，却依然坚持自我。在《尤利西斯》第十五章，斯蒂芬母亲的幻影出现，她祈求耶稣圣心怜悯没在她临终时做忏悔的斯蒂芬，斯蒂芬此时依旧高喊“不”，并抡起梣木手杖把酒吧的吊灯打得粉碎。《尤利西斯》的其他主人公像斯蒂芬一样，其行为都是非宗教的，甚至不无亵渎。耽于享乐的摩莉从未把宗教的清规戒律放在心上，布卢姆是一个犹太人，他自然也与天主教信仰保持着距离。在第五章，置身于庄严弥撒中的布卢姆却在胡思乱想：“正在进行着什么活动：教友聚会吧。可惜这么空空荡荡的。要是找个不显眼的位子，旁边有个少女倒不赖。”见神父把圣餐塞进那些女信徒的嘴巴，布卢姆联想道：“吃尸体的碎片，可谓异想天开，正投食人族之所好。”小说中的人物甚至拿God（上帝）和dog（狗）这两个词做文字游戏，穆利根称斯蒂芬为Dogsbody（小狗子），这是对庄严的“神之体”（Godsbody）一词的戏仿。在第十五章，阿多奈（即耶和华的希伯来语别称）竟然高呼：“Dooooooooooog！”把“上帝”颠倒成了“狗”。《尤利西斯》充满着对天主教教义的揶揄，充满着对《圣经》和其他宗教文本的解构性援引，很难想象，《尤利西斯》的写作语境以及这部小说中这些人物的生活空间，居然是20世纪初天主教神权统治下的爱尔兰。

关于乔伊斯在《尤利西斯》中流露出的宗教态度，人们众说纷纭。持天主教立场的批评家大多严厉指责乔伊斯，莱斯利（Shane Leslie）认为真正的天主教徒不能阅读《尤利西斯》，因为此书是“反传统的、反基督教的和完全非道德的”；加拉格尔（Michael Gallagher）则认为，乔伊斯的无神论立场其实并非对上帝存在的否定，而仅为“对教会信仰形式之体验的负面反应”，也就是说，乔伊斯反对的不是宗教，不是基督教，而是天主教会，是教会保守的学说和礼仪。写作《尤利西斯》时的乔伊斯，或者说作为《尤利西斯》作者的乔伊斯，的确体现出了面对宗教的矛盾立场，这一矛盾其实是传统基督徒和现代小说家之间的冲突，他对天主教会的质疑和嘲讽，其实暗含着一种欲解构权威话语、弘扬个性意识的现代精神。“我不侍奉”，这种行为自身就是现代性的体现，甚至就是现代性本身。

乔伊斯始终坚持用英语写作，而且用的是地道的英语，不像他同时期一些投身爱尔兰民族文化复兴运动的爱尔兰作家那样试图与英语拉开距离。与此同时，《尤利西斯》中的英语又是“爱尔兰化”的，这不仅指其中大量的爱尔兰用语和方言，更是指小说作家及其笔下人物对于作为不列颠文化之载体的英语的复杂态度。作为一部爱尔兰民族的史诗，《尤利西斯》中不乏对英语的调侃和戏谑，但是，《尤利西斯》却又是世界文学史中最伟大的英语文学名著之一。乔伊斯在这部小说中所体现出的他博大精深的英语知识，他出神入化的英语运用能力，都让人惊叹不已。乔伊斯说过："我反抗英语习俗、文学等，这是我写作的主要来源。" 他的这一目的在一定程度上达到了，他在《尤利西斯》出版后自豪地宣布："我和英国之间的战争现已结束，我是征服者。""我是英语的终结者。"

《尤利西斯》是一本充满挑战甚至挑衅的小说，其主要体现之一就是其中的性描写和"不雅"场景。《尤利西斯》中毫无顾忌地写到人物的排泄，绿色的痰液，写到主人公的做爱、手淫和意淫，这些自然主义的场景和段落有时会让习惯了传统"高雅"文学的读者不堪卒读，此类描写也招致很多非议，人们甚至怀疑乔伊斯有偷窥欲和暴露癖，有审丑的癖好。《尤利西斯》自1918年起开始分章节在一家美国杂志《小评论》上连载，1920年连载到第十三章时，因为其中的手淫等情节被美国有关部门指控为淫秽，次年，《尤利西斯》在美国和英国遭查禁。1932年，一本在法国出版的《尤利西斯》被有意带入美国，由此引发一场官司，《尤利西斯》再次被告上法庭。这一次，主审法官乌尔赛（John Munro Woolsey），一位具有现代文学意识和审美趣味的司法界人士，却做出了一项足以彪炳文学史的判决。在花费数月时间仔细阅读《尤利西斯》之后，他写下这样的精彩判词："这不是一本容易读懂的书。它既精彩又枯燥，既可以读懂，然而又十分晦涩。有些地方读来使人感到脏，然而它并不是为脏而脏……一本书淫不淫秽，法庭要看它会不会激起读者的性冲动或促使人产生不纯的情欲。……因此，我请了两位文学鉴定家……结果，他们读后都不认为书中有引起色情动机的倾向……法律所关心的只是正常人。上述测验足以证明《尤利西斯》是作家出于真诚的动机，采用新的文学方法写出的对人类的观察。我完全清楚此书有些地方使一些正常而敏感的读者难以下咽。但据我慎重考虑，并经过长时间的思索，我认为《尤利西斯》有些地方令人读了作呕，但并不淫秽。"（萧乾译文）这段判词成了关于《尤利西斯》最好的文学批评之一，因为它认定书中的出格文字是一种"新的文学方法"。乔伊斯写这些东西，他用这种挑衅的方式来写，其目的自然不在于色情，而在于以这种让人震惊的方式来打破禁忌，同时打破社会生活和艺术审美中的种种束缚。我们不难看到，《尤利西斯》中的性描写和审丑姿态似乎给它之后的西方文学松了绑，在《尤利西斯》之后，西方文学在叙事范畴和描写手法等方面都获得了更阔大、更自由的空间。用"出格"来突破既有规范和禁忌，从而为自身和他者赢得更大的自由和更多的可能性，这是《尤利西斯》的现代性的最主要体现之一。

都柏林大学教授凯伯德（Declan Kiberd）在为吉布森的《詹姆斯·乔伊斯》一书作序时提出这样一个问题：乔伊斯作品中所存在的“极端现代性”为何会出现在20世纪初期死气沉沉、思想狭隘的都柏林呢？换句话说，《尤利西斯》中所包含的这种极端现代性为何会出现在一个并不十分“现代”的社会和思想语境中呢？他给出两个原因：“殖民地总是新方法的实验室”；“爱尔兰艺术家从未迷信过英国的传统形式，所以很容易就能突破它”。吉布森本人在他之前的另一部专著《乔伊斯的复仇：〈尤利西斯〉中的历史、政治和美学》（2002）中就试图证明，乔伊斯一生都在探索如何突破政治、社会、艺术等方面的严格规范，“乔伊斯的全球化是走在世界全球化之前的”。肯纳（Hugh Kenner）在《乔伊斯的声音》（1978）一书中认为，乔伊斯的现代性就是世界性，就是对爱尔兰民族性的突破。艾尔曼则在其《乔伊斯传》（1959年初版，1982年修订再版）中通过对乔伊斯生活和创作的详尽描述表明，乔伊斯的现代性是这位天才作家的艺术天赋和美学探索的逻辑结果。这些观点都能引起我们的共鸣，因为世界文学史中的任何一位大作家，其使命和价值就在于内容上的突破和形式上的创新。《尤利西斯》在这两个方面都做出了超越时代的贡献，它之后的西方现代主义文学乃至整个世界文学均程度不等地受到了它的影响。《尤利西斯》是一个文学大发现，堪比20世纪科学中的爱因斯坦相对论。

《尤利西斯》的现代性也对阅读提出一种挑战，它要求一种阅读的现代性或曰具有现代性的阅读。法国作家苏波（Philippe Soupault）说，《尤利西斯》的作者试图从其读者处索取“与他的付出相匹配的努力”。也就是说，乔伊斯心目中的理想读者是与他势均力敌、志同道合的人，至少是能像他那样甘愿不断挑战自我和文字并不断获得审美乐趣的人。阅读《尤利西斯》这样一部极端现代性的作品，不啻是与其作者进行一场艰苦、漫长的角力和博弈。读完了它，即便不意味着我们做出了与乔伊斯的付出“相匹配的努力”，也至少证明我们与乔伊斯有过一次深刻而又难忘的交流，就像一位象棋爱好者居然有缘与世界冠军下了一盘棋。

《雪国》的死亡主题

《雪国》的叙事是以女主人公之一叶子的死亡作为结束的。叶子从着火的木楼上摔下来，“女人的身体，在空中挺成水平的姿势”，“僵直了的身体在半空中落下，变得柔软了”，“然而，她那副样子却像玩偶似的毫无反抗，由于失去生命而显得自由了”，“在这瞬间，生与死仿佛都停歇了”，“但是她终究还是直挺挺地掉落下来了”，“叶子的腿肚子在地上痉挛”——

> 叶子的痉挛轻微得几乎看不出来，而且很快就停止了。
>
> 在叶子痉挛之前，岛村首先看见的是她的脸和她的红色箭翎花纹布和服。叶子是仰脸掉落下来的。衣服的下摆掀到一只膝头上。落到地面时，只有腿肚子痉挛，整个人仍然处在昏迷状态。不知为什么，岛村总觉得叶子并没有

> 死。她内在的生命在变形，变成另一种东西。
>
> 叶子落下来的二楼临时看台上，斜着掉下来两三根架子上的木头，打在叶子的脸上，燃烧起来。叶子紧闭着那双迷人的美丽眼睛，突出下巴颏儿，伸长了脖颈。火光在她那张惨白的脸上摇曳着。（叶渭渠译文）

目睹叶子的死，驹子冲过来紧紧地抱住叶子的遗体，“仿佛抱着自己的牺牲和罪孽”，岛村想冲向她俩，却被一群汉子推开，“这些汉子是想从驹子手里接过叶子抱走”，“待岛村站稳了脚跟，抬头望去，银河好像哗啦一声，向他的心坎上倾泻了下来”。

这个小说结尾，已成为世界文学中描写死亡的最著名段落之一。

《雪国》这个小说标题自身，就是一个关于死亡的隐喻。“穿过县界长长的隧道，便是雪国。夜空下一片白茫茫。火车在信号所前停了下来。”《雪国》这段简洁的开场白，似乎也把读者带入了另一个世界，一个纯净的白色世界，一个寂静的冰冷世界，一个生机被覆盖的世界，“雪的国度”就像是“死亡的国度”。

《雪国》是川端康成最为著名的小说，是川端康成文学创作的巅峰之作，也是使川端康成获得1968年诺贝尔文学奖的三部主要作品之一（另两部作品是《古都》和《千只鹤》）。从1935年开始在文学期刊上发表这部作品的片段，到1948年底最终定稿，这部译成中文只有八九万字的中篇小说，川端康成却写了整整14年！《雪国》写的是东京一个名叫岛村的中年男子三次前往雪国与当地女子驹子相识相会的故事。小说从岛村的第二次雪国之行写起，写他在火车上遇见贤惠善良的叶子，叶子在车上无微不至地照看一个男性病人。与驹子在雪国的汤泽相见后，岛村才得知火车上的那个女子名叫叶子，她照看的病人是行男。行男是驹子的三弦琴师傅的儿子，也是驹子青梅竹马的准未婚夫，后来患了肠结核，驹子就是为了报答师恩、赚钱给行男看病而做起艺伎的。小说以倒叙的方式描写了岛村的第一次雪国之旅，他在雪国的温泉旅馆邂逅驹子，被她的纯真和洁净所吸引，他甚至觉得她的“脚趾弯里大概也是干净的”。驹子也深深地爱上了岛村，把自己的生活理想和爱情希望都寄托在岛村身上，可是她依然不得不接待其他客人，陪别人喝酒。岛村是个家境优越的中年男子，也有妻室，他欣赏驹子的美，也接受驹子的风情，却对她的真情投入无动于衷，他还对在火车上偶遇的叶子心生好感和依恋。在岛村结束第二次雪国之行返回东京时，驹子深情相送，叶子此时急匆匆赶到车站，说行男即将死去，要驹子赶回去见行男最后一面，却被驹子拒绝。一年后，岛村再次来到雪国，与驹子厮混，其间也多次见到叶子，看到叶子去给行男上坟，听到叶子从澡堂里传出的美妙歌声，还与叶子有了面对面的交谈，叶子甚至请求岛村带她去东京，但叶子也央求岛村要“好好对待驹姐”。在岛村打算悄悄返回东京的时候，驹子又赶来车站，就在这时，他俩看到了着火的蚕房，蚕房里在举办一场电影晚会，放映机上的胶片起火，引发火灾。等他俩赶到现场，恰好目睹叶子从蚕房的二楼摔下来。

小说中的四个男女主人公，有两个先后死去，即行男和叶子，剩下的两个，即岛村和驹子，驹子发疯了，也就是说在意识上死亡了，原本就是一个虚无主义者的岛村，从此恐怕也将心如止水，至少在情感上也死去了。小说中有两个相互交叉的三角关系，即驹子—行男—叶子/驹子—岛村—叶子，随着行男和叶子的死去，这两个三角也坍塌了。驹子和叶子究竟是什么关系，小说中并未充分交代，但她俩无疑是一对姐妹，是岛村的两个欲望对象，一个是岛村肉欲之爱的对象，一个是岛村精神之爱的对象。最后，驹子紧紧抱住叶子的身体，象征岛村意识中两个分裂的欲望对象重新合体，也象征着他的精神寄托的最终消亡。象征死亡的白雪，厚厚地覆盖着《雪国》这部小说及其叙事。

川端康成之写死亡，是因为他很早就接触到了太多的死亡。生于1899年6月14日的川端康成是个早产儿，仅在母亲的腹中待了七个月，因而他出生后一直身体羸弱。在他出生后两年，父亲就因肺结核病去世；次年，母亲被同样的疾病夺去生命，三岁的川端康成就成了孤儿，由爷爷奶奶抚养。川端康成刚长到七岁，疼爱他的奶奶撒手人寰，他只能与又聋又瞎的爷爷相依为命。十岁时，他那个在父母去世后被寄养在姨夫家的姐姐也因病死去。自1902年分别后，川端康成总共只见过姐姐一两面，其中一次是在姐姐被亲戚背着来参加奶奶葬礼的时候，当时的姐姐一身素装，川端康成后来回忆道："这个在空中飘动的白色物体，就是我关于姐姐的全部回忆。"最后，在他15岁（虚岁16岁）时，爷爷也去世了。与濒临死亡的爷爷的相守相伴，对于川端康成而言简直就是一场死亡演剧，听不见也看不见的爷爷瘦骨嶙峋，终日躺在床上，唉声叹气，泪流满面。面对这唯一在世的亲人的痛苦弥留，川端康成既伤感又恐惧，为了克服这种感受，他在爷爷的病榻旁搭起一个台子，在昏暗的烛光下一笔一画地描摹爷爷的病容，记录一步步逼近爷爷的死亡，他日后根据这份记录写出了《十六岁的日记》。他在后来写成的《拾骨》一文中这样描述他送别爷爷的场景："走向墓地的途中，我想起了这样一个传闻：据说昨晚守灵的时候，我祖父变成一缕蓝焰的鬼火，从神社的屋顶飞起，又从传染病医院的病房飞过，村庄的上空飘荡着一股令人讨厌的臭味。”

尚未成人的川端康成，先后送别了父亲、母亲、奶奶、姐姐和爷爷，还有他的几位老师、远亲和朋友。而且，川端康成作为他家的唯一幸存者，在他们家所属的大家族中有人去世时，他还要代表他家参加葬礼，据说他曾在一个暑假里连续参加了三场葬礼。他后来写了一篇作品，标题是《参加葬礼的名人》（1923），这句话就是别人当年对不断出现在葬礼上的川端康成的调侃。所谓“孤儿的情感”和“幸存者的情感”，也就是对死亡的体验，很早就被川端康成写进了他的作品，1916年发表的《肩扛恩师的灵柩》就是他对中学英语老师仓崎仁一郎的追念。川端康成后来说：“这种孤儿的悲哀成为我的处女作的潜流……说不定还是我全部作品、全部生涯的潜流。”从此，死亡主题便持续不断地出现在川端康成的作品中，比如《禽兽》中主人公目睹他饲养的小鸟一只接一只地死去，随笔《临终的眼》是为悼念著名画家古贺春江的去世而作，《千只鹤》中的太田夫人因为乱伦之爱心生的罪孽感而自杀，报告小说《名人》中的著名棋手秀哉名人最终因棋而死，《睡美人》写行将就木的老人江口与六名服用安眠药后沉睡不醒的少女（死去的美丽？）同床共枕……小说《山音》中更是充满着“死亡的声音”（无怪乎这部小说的俄译者把标题译为“山的呻吟”）。

叶渭渠先生在他的《川端康成传》中写道："《山音》除了设置梦之外，还添上死的色彩，譬如鸟山被妻子残酷虐待致死、水田在温泉旅馆里猝死、北本拔白发而死、划艇协会会长夫妻家中的情死、信吾友人患肝癌而死等等，都是企图通过这些死的形象来触发某一个情节发生或发展，与梦相照应地展开以菊治为中心的各种人物的微妙的心理活动。如果说，支撑这部作品的基调是梦与死，恐怕不算言过其实吧。"据有人统计，川端康成全集中有34篇作品在开头五行里就提到死亡，占其全集作品近三分之一。死亡的雪不仅覆盖着《雪国》，也飘洒在川端康成的整个创作中。

在《雪国》中，死亡主题的另一个变体就是虚无和徒劳。尽管川端康成一再否认岛村这个小说人物有作家自己的影子，他声称："岛村不是我，他只是陪衬驹子的一个道具。"他说："驹子才是我。"一如福楼拜强调："包法利夫人就是我。"但是，岛村面对一切存在的虚无主义态度却无疑是川端康成赋予的，或者说，岛村是在以《雪国》作者的目光看待世界。岛村拥有丰厚的遗产和圆满的家庭，可是他却对生活提不起精神。他号称在研究欧美舞蹈，想方设法搜集欧美舞蹈方面的书籍、照片和海报，却从不去现场观看西洋人跳的舞蹈，甚至也不看日本人跳的西洋舞，因为，"他所欣赏的，并不是舞蹈家灵活的肉体所表演的舞蹈艺术，而是根据西方的文字和照片所虚幻出来的舞蹈，就如同迷恋一位不曾见过面的女人一样”。他的三次雪国之行其实就是精神和情感上的散心之举，是闲得无聊。他被雪国的美景所吸引，被驹子和叶子的美所迷倒，但他始终没有倾情投入，因为他认为一切都是徒劳的，虚无的。他完全能感受到驹子对他的一往情深，可他却表现出近乎残忍的冷静。他欣赏驹子的纯净与善良，享受驹子的肉体和美，但他在第一次雪国之行之后并未按照约定给驹子写信，第二次雪国之行之后他再次食言，也没有按时赴约，而且对此没有任何歉意和不安，他甚至转而开始移情于叶子。

驹子是一个上进的女子，虽然为了报答师恩做了艺伎，可她却仍然憧憬着自己的美好爱情和幸福未来，她学琴，读书，记日记，学唱歌，练书法，十多年如一日，幻想过上“正正经经的日子”，想“活得干净一些”。但驹子所做的这一切，在岛村看来都是徒劳的、毫无意义的。“即便说，驹子是少爷的未婚妻，叶子是他的新情人，那少爷又将不久于人世的话，这一切在岛村的脑海里，不能不浮现出‘徒劳’二字。”“她对都会的向往之情，如今也已心如死灰，成为一场天真的幻梦。她这种单纯的徒劳之感，比起都市里落魄者的傲岸不平，来得更为强烈。纵然她没有流露出寂寞的神情，但在岛村眼中，却发现有种异样的哀愁。倘若是岛村沉溺于这种思绪里，恐怕会陷入深深的感伤中去，竟至于连自己的生存也要看成是徒劳的了。”当驹子因为感觉到爱的不可能而痛心疾首地撞击墙壁的时候，这悲愤的声响在岛村听来却寂静无声，“有如雪花落在自己的心田里”。驹子的人生是一个壮烈的悲剧。面对自己的精神之爱对象叶子，岛村也产生出了同样的徒劳感，因为叶子就是驹子的过去，驹子就是叶子的未来。

甚至在面对大自然、面对动物的时候，岛村也能感觉到徒劳。“如今又是秋天登山时节，望着自己屐痕处处的山岭，对群山不禁又心向往之。终日无所事事的他，在疏散无为中，偏要千辛万苦去登山，岂不是纯属徒劳吗?”岛村发现死去的蛾子异常美丽。“有的蛾子，一直停在纱窗上不动，其实已经死了，像枯叶似的飘落下来。有的是从墙上掉下来的。岛村捡起来一看，心想，为什么长得这样美呢?”蛾子的美丽，也像驹子的美和叶子的美一样，是一种徒劳的美丽，或者说是美丽的徒劳。美是徒劳的，爱是虚妄的，一切都是虚无的，因此，美和爱都是与死亡密切相关的。

为了凸显美的虚幻和缥缈，川端康成在《雪国》中插入了两段关于女主人公肖像的经典描写，一是关于叶子的肖像描写，即“暮景的镜”，一是关于驹子的肖像描写，即“白昼的镜”。在小说的开头处，岛村在火车上注意到了坐在他对面的叶子，叶子的美是借助火车车窗上的映像折射出来的：

当他无意识地用这个手指在窗玻璃上划道时，不知怎的，上面竟清晰地映出一只女人的眼睛。他大吃一惊，几乎喊出声来。大概是他的心飞向了远方的缘故。他定神看时，什么也没有。映在玻璃窗上的，是对座那个女人的形象。外面昏暗下来，车厢里的灯亮了。这样，窗玻璃就成了一面镜子。然而，由于放了暖气，玻璃上蒙了一层水蒸气，在他用手指揩亮玻璃之前，那面镜子其实并不存在。

玻璃上只映出姑娘一只眼睛，她反而显得更加美了。

……

黄昏的景色在镜后移动着。也就是说，镜面映现的虚像与镜后的实物好像电影里的叠影一样在晃动。出场人物和背景没有任何联系，而且人物是一种透明的幻象，景物则是在夜霭中的朦胧暗流，两者消融在一起，描绘出一个超脱人世的象征的世界。特别是当山野里的灯火映照在姑娘的脸上时，那种无法形容的美，使岛村的心都几乎为之颤动。

……

这当儿，姑娘的脸上闪现着灯光。镜中映像并未清晰到减弱窗外灯光的程度，灯光也没有把映像抹去。灯光就这样从她的脸上闪过，但并没有把她的脸照亮。这是一束从远方投来的寒光，模模糊糊地照亮了她眼睛的周围。她的眼睛同灯光重叠的那一瞬间，就像在夕阳的余晖里飞舞的妖艳而美丽的夜光虫。（叶渭渠译文）

关于车窗之镜中的叶子形象，《雪国》中有着长达数页的描写，这在以简洁著称的川端康成的小说中十分罕见。相形之下，关于映照在岛村房间里那面梳妆镜中的驹子肖像的描写就要简短多了：

岛村朝她望去，突然缩了缩脖子。镜子里白花花闪烁着的原来是雪。在镜中的雪里现出了女子通红的脸颊。这是一种无法形容的纯洁的美。

也许是旭日东升了，镜中的雪越发耀眼，活像燃烧的火焰。浮现在雪上的女子的头发，也闪烁着紫色的光，更增添了乌亮的色泽。（叶渭渠译文）

这两幅著名的镜中映像是一种巧妙的人物肖像描写手法，即分别通过车窗外的暮色和室外的积雪来映衬和烘托两位女主人公的美，但与此同时，作者把两位女主人公的美置放在两面镜子里，这并不仅仅是为了凸显她俩的朦胧美，可能也是在有

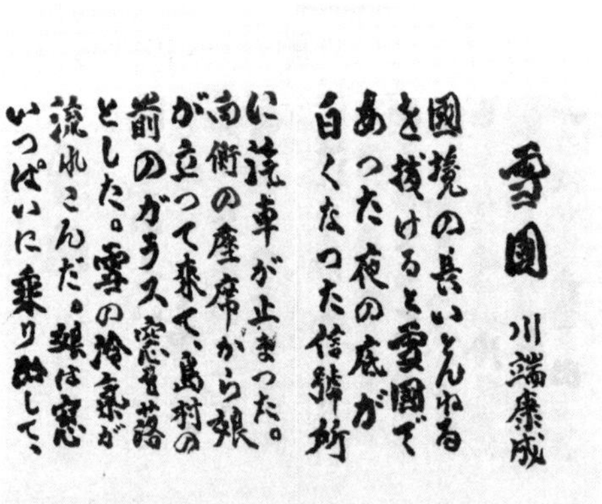

雪國　川端康成

國境の長いとんねる
を拔けると雪國で
あつた夜の底が
白くなつた信號所
に汽車が止まつた。
向側の座席から娘
が立つて來て、島村の
前のガラス窓を落
とした。雪の冷氣が
流れこんだ。娘は窓
いつぱいに乗り出して、

川端康成《雪国》手迹

意地模糊虚与实的界限，在突出美的超现实性和虚幻性。作者甚至可能是在暗示，真正的美是不真实的，仅仅存在于镜中，而飘忽不定、难以捕捉和稍纵即逝的美，更是与整部作品的虚无主题和死亡主题相呼应的。

《雪国》的死亡主题是与日本文化和文学中的物哀传统一脉相承的。“物哀”这一概念最早由日本国学家本居宣长提出，他在一部关于《源氏物语》的研究著作中写道：“世上万事万物的千姿百态，我们看在眼里，听在耳里，身体力行地体验，把这万事万物都放到心中来品味，内心里把这些事物的情致一一辨清，这就是懂得事物的情致，就是懂得物之哀。进一步说，所谓辨清，就是懂得事物的情致。辨清了，依着它的情致感触到的东西，就是物之哀。比如说，看到樱花盛开赏心悦目，知道这樱花的赏心悦目，就是知道事物的情致。心中明了这樱花赏心悦目，不禁感到‘这花真是赏心悦目啊’，这感觉就是物之哀。”也就是说，物哀就是人（主体）和物（客体）之间的情感呼应和审美共振。物哀包含多种情感，如同情、感喟、怜惜、忧伤、悲叹等，但首要的还是那种细腻却又恬淡的哀愁，就像本居宣长说的那样：“在人的种种感情上，只有苦闷、忧愁、悲哀——也就是一切不能如意的事才是使人感动最深的。”在日本文学中，物哀成为一个主要的审美传统和美学原则，日本最古老的文学经典如《古事记》《万叶集》《源氏物语》《徒然草》等，都带有浓重的物哀风格。

川端康成继承日本文学的这一传统，并在《雪国》中发扬光大。川端康成获得诺贝尔文学奖的缘由，是因为他“以敏锐的感觉、高超的小说技巧表现了日本人的内心精华”。所谓“日本人的内心精华”，一定是与物哀的审美传统相关联的，而川端康成的“敏锐的感觉”和“高超的小说技巧”，在很大程度上就体现为他的物哀审美策略。川端康成说过：“平安朝的‘物哀’成为日本美的源流。”“悲与美是相通的。”在《雪国》中，他把物哀的审美意识与死亡主题结合在了一起。物哀中原本就蕴含着对于死亡的某种特殊审美态度，日本人因此更欣赏夜空边缘的残月、花期很短的素色樱花以及富士山顶的一抹残雪，也就是说，更推崇某种即将灭失的美，物哀由此也成为一种生死观。美是瞬间的，美是短暂的，美在死亡的瞬间获得短暂的最高显现。川端康成认为，死亡是最高的艺术，因为死亡能产生美，就像《千只鹤》中的太田夫人死后，菊治和文子都感到她变得更美了，成了真正的“美的化身”。作家们在描写死亡的时候大多意在凸显死亡的恐怖，渲染死亡的悲剧感，而川端康成之写死亡，却意在揭示死亡之美，他以一种面对死亡的审美姿态来冲淡死亡的悲哀。在川端康成看来，美和死同属一个有机整体，死是一种美，甚至比生更美，是美的极致。

"'悲哀'这个词与美是相通的。"人生最大的悲哀，即死亡，也就有可能成为至高的美。由于死亡之中所蕴含的美，由于面对死亡的审美态度，《雪国》中的死亡似乎不再令人恐怖，反而洋溢着淡淡的抒情意味。

《雪国》中的死亡还是超脱的，超然的，因为川端康成在其中注入了他的生死轮回思想。小说女主人公驹子的名字，据川端康成说，取自中国古代的蚕马神话。这则神话故事是这样的：父亲出门在外，只剩母女和一匹马在家，母思父，便许诺谁能找回父亲，就把女儿嫁与他；马听闻之后飞奔而去，载回父亲，父亲却坚决不让女儿嫁给那匹马，那匹马高声咆哮，结果被杀；马皮晾在一旁，突然，那块马皮卷起女儿，飞到一棵树上，女儿最后变成了蚕。蚕有作茧自缚的寓意，也有化蛹成蝶的再生寓意，喻示死亡也是一种蜕变。小说中提到，白净的驹子像蚕茧一样洁白透明。驹子居住的地方原来是蚕室，后来叶子葬身火海的地方也是一间蚕室。面对叶子的死亡，岛村似乎并没有表现出应有的悲痛，相反却从叶子的升天般的死亡之中得到精神的升华和心灵的彻悟。他感到叶子的死如银河一般壮丽，这不过是她"内在的生命在变形"，叶子会"由于失去生命而显得自由了"。在壮美的火海中，叶子完成了生命的超度。《雪国》中的死亡是美丽的死亡，也是死亡的美丽；它是对死亡的审美化，也是对死亡的生命属性的论证。川端康成生前多次重复自杀身亡的古贺春江的一句口头禅：“再没有比死亡更高的艺术了，死就是生。”川端康成在《雪国》中艺术地论证了这样一种“死就是生”的美学观和世界观。

关于川端康成创作中死亡、虚无、轮回和美之间的关系，川端康成作品的中译者叶渭渠先生在他的《川端康成传》中这样写道：

> 他说过：“在这个世界上，没有什么比轮回转世的教诲交织出的童话故事般的梦境更丰富多彩的。”所以，川端以为艺术的虚幻不是虚无，是来源于“有”，而不是“无”。从这种观点出发，他认为轮回转世，就是“生死不灭”，人死灵魂不灭，生即死，死即生，为了要否定死，就不能不肯定死；也就是把生和死当作一件事，不能不把生和死总括起来感受。他认为生存与虚无都具有意义，他没有把死视作终点，而是把死作为起点。从审美角度来说，他以为死是最高的艺术，是美的一种表现。也就是说，艺术的极致就是死灭。他的审美情趣是同死亡联系着的，他几乎三分之一强的作品是同死亡联系在一起的。作家将美看作只存在空虚之中，只存在幻觉之中，在现实世界是不存在的。青少年时期，川端在他的世界观、人生观

形成过程中接触的死亡实在是太多了。他在日常生活中“也嗅到死亡的气息”，产生了一种对死亡的恐惧感，更觉得生是在死的包围中，死是生的延伸，生命是无常的，似乎“生去死来都是幻”，更加着力从幻觉、想象中追求“妖艳的美的生命”，“自己死了仿佛就有一种死灭的美”。在作家看来，生命从衰微到死亡，是一种“死亡的美”，从这种“物”的死灭才更深地体会到“心”的深邃。就是在“无”中充满了“心”，在“无”表现中以心传心，是一种纯粹精神主义的美。

维特根斯坦说：“死亡不是生活中的事件，我们难以活着体验死亡。”布罗茨基用一句诗重复了这句话：“死亡就是经常发生在别人身上的事情。”但是，布罗茨基也说过另一句名言：“写诗就是死亡的练习。”一个人无法在活着的时候体验死亡，但一位诗人或作家却可以通过写作来体验死亡，并让读者通过他的作品获得关于死亡的体验和感受。文学作品中关于死亡的描写可能是现实生活的反映，也可能是作家的文学想象，是作家死亡意识的艺术显现，在川端康成这里，可能是这三者的合成。文学作为一种想象，一种猜谜方式，一种接受天启的手段，可能最能揭示死亡的本质。文学描写死亡，同时也在解构死亡，作为人类面对死亡的一种最坦然的姿势，文学能在与死亡的游戏中获得快感和美感。诉诸死亡的文学，说到底是对死亡的抗争。孔子说："未知生，焉知死。"其实反过来也一样："未知死，焉知生。"人类因为对死亡的恐惧而创造了艺术，而艺术却能把死亡审美化，在一定程度上减缓甚至克服人对于死亡的恐惧。

1972年4月16日，川端康成离开家去工作室，他在出门之前对家人说："我去散步了。"当晚，他的助手赶到工作室，发现川端康成躺在卫生间的一床棉被上，嘴里含着煤气管，早已没有生命体征。川端康成的身边放着一瓶打开的威士忌，还有一个酒杯。他没有留下遗书，因为他早在1962年就说过："自杀而无遗书，是最好不过的了。无言的死，就是无限的活。"川端康成用他一生中的最后一个举动，为《雪国》中的死亡主题添加上了最后一个注脚。

《洛丽塔》的颜色

直到如今，在世界上许多文学读者的心目中，纳博科夫的《洛丽塔》似仍是一部“有颜色的”小说，它的颜色或许是粉色的，也或许是黄色的，这两种颜色分别对应着汉语中被巧妙地相互颠倒着使用的两个词，即“情色”和“色情”，在英语和俄语中其实也有这样的区分，即erotica/эротика和pornography/порнография。这两种不同的颜色，可能是我们给这部小说打上的先入为主的烙印，也可能是这部作品自身色系中某些色彩的折射。一切颜色均源于光，这光或许就是我们的阅读目光。

小说《洛丽塔》用第一人称写成，是从欧洲移民美国的中年男子亨伯特·亨伯特在狱中写下的自白。他少年时期对女伴安娜贝尔的刻骨铭心的爱，使他落下迷恋女童的癖好，9—14岁的女孩都是他眼中的“仙女”“妖精”和“性感女孩”（nymphet）。风度翩翩、满腹经纶的亨伯特来到美国新英格兰地区的小镇拉姆斯代尔，租住在夏洛特·黑兹太太家中，他一眼就迷上了房东家12岁的女儿洛丽塔。房东太太很快爱上亨伯特，她写信给亨伯特，下了“最后通牒”：要么立即搬走，要么娶她为妻。舍不得离开洛丽塔的亨伯特当然只好选择与黑兹太太成婚，成为洛丽塔的继父。一天，黑兹太太偷看了亨伯特的日记，知道他不仅不爱她，还觊觎着她的女儿，她悲愤交加，给朋友写信倾诉，却在去投递信件的路上被汽车撞死。亨伯特以继父的身份将洛丽塔从夏令营接出，当晚一同住进一家名为“着魔的猎人”的旅馆，黑兹太太生前曾对亨伯特提起过这家旅馆。在旅馆里，亨伯特偷偷给洛丽塔下了安眠药，想在她昏睡时猥亵她，但因药效不好，洛丽塔始终没有睡死，第二天早晨，醒来的洛丽塔主动提出要与亨伯特做爱，其实她在夏令营里已经与人有过性行为。得知母亲遇难，洛丽塔只能与继父一同生活下去。亨伯特驾驶汽车带着洛丽塔游历美国，在沿途的汽车旅馆中以父女名义住在同一个房间，继续满足他的欲望，历时一年。之后洛丽塔进入比尔兹利中学，但她学习很差，主动辍学，提议再做一次长途旅行。在一个美国独立日，因病住进一家医院的洛丽塔突然失踪，亨伯特后来才知道，她是被一个有恋童癖的剧作家克莱尔·奎尔蒂带走的，奎尔蒂写过一部题为《着魔的猎人》的剧作，洛丽塔在学校上学时曾主演这部剧作，因此认识奎尔蒂。在亨伯特驾车带洛丽塔旅行途中，奎尔蒂的汽车一直尾随在后，最终他找到机会带走洛丽塔，但后来又抛弃了她，因为洛丽塔不愿为他拍摄淫秽影片。三年过后，亨伯特突然收到洛丽塔的来信，知道她已结婚，嫁给了一个工人，并已怀孕，但生活艰难，希望继父能给她一点钱（几百美元）。亨伯特找到洛丽塔的住处，给她4000美元，这是黑兹太太留下的房子出租后获得的收入。亨伯特要洛丽塔跟他"回家"，遭到拒绝，但他从洛丽塔口中问出当年带走她的人是奎尔蒂，亨伯特找到奎尔蒂的住处，枪杀了奎尔蒂，因此被捕入狱。小说序文还交代，17岁的洛丽塔死于难产，她产下的婴儿也夭折了，而亨伯特因为心脏病发作死于狱中。

在这个并不复杂的故事中，纳博科夫投入很多"猛料"。小说中写到恋童、乱伦和奸情，写到跟踪、复仇和谋杀，全是"禁忌"题材。小说中的性描写已属大胆，直接描写成年人对未成年少女的性行为则更加犯禁，《洛丽塔》因此被烙上了色情文学的印记。

毋庸讳言，纳博科夫的小说《洛丽塔》的走红，在一定程度上是因为其"颜色"，而让这种颜色家喻户晓的，就是所谓

“《洛丽塔》事件”。《洛丽塔》书稿于1954年春抄写完毕，纳博科夫先后投稿给四家美国出版社，均遭拒绝，理由也基本一致，即出版者觉得小说内容过于敏感，有色情之嫌，恐出版之后遭到起诉。无奈之下，纳博科夫将手稿寄给他在欧洲的经纪人，几经辗转，小说于1955年由巴黎的奥林匹亚出版社出版。这家出版社规模不大，名声也不太好，经常出版一些准色情读物，它推出《洛丽塔》的英文原作，最初目的是向来自英语国家的旅游者兜售他们在自己国家难以看到的黄色“禁书”。小说出版后的数月间似乎风平浪静，既未引发预想中的闹剧，也没有得到正面评价，直到英国著名作家格雷厄姆·格林在《星期日泰晤士报》圣诞号上刊文，将《洛丽塔》列为1955年年度三部最佳小说之一。稍后，英国《星期日快报》编辑约翰·戈登则在专栏上发表文章，表示不同意格林的看法，他认为《洛丽塔》是“肆无忌惮的色情文学”，是他读过的“最为肮脏淫秽的书”，此书的出版者和销售者全都应被关进监狱。格林再次撰文，进行反驳，由此掀起一场引人注目的文学论争。此时，法国著名的伽利玛出版社决定出版此书法文版，欧洲其他国家的出版社也纷纷购买版权，前景一片光明。然而在1956年底，法国内务部突然应英国政府请求，宣布查禁奥林匹亚版《洛丽塔》。后来奥林匹亚出版社起诉法国政府，法国媒体也纷纷抗议官方对出版自由的侵犯。所谓“《洛丽塔》案件”

FRENCH BAN ON BOOK

PUBLISHING HOUSE TO CLAIM DAMAGES

PARIS, Nov. 9.—The Olympia Press has announced that it will claim 32,500,000 francs (about £27,000) damages from the Ministry of the Interior on the ground that it placed an unjust ban on the novel *Lolita* by Vladimir Nabokov.

Lolita, the story of a middle-aged man who falls in love with a 12-year-old girl, was first printed by the Olympia Press in Paris in 1955 in an English language edition The Ministry immediately banned the novel as pornographic, after a complaint from the British Embassy that tourists were buying the book and taking it to Britain.

The Olympia Press said yesterday that *Lolita* had already been printed in the United States, Canada, Holland, Sweden, and Denmark, and was soon to appear in Britain, Germany, Italy, and Japan. Another French publishing house now planned to defy the ban and bring out a French edition.—*Reuter*.

奥林匹亚出版社起诉法国政府的新闻

《泰晤士报》（*The Times*）1958年11月10日第7版

（l'affaire *Lolita*）一时成为国际热点新闻，使《洛丽塔》名扬世界。为了给《洛丽塔》在美国的出版铺平道路，纳博科夫与几位新闻出版界朋友一起在1957年6月的《铁锚评论》杂志上编发一个专辑，选登小说约三分之一的篇幅，并配发纳博科夫的《关于一本题名〈洛丽塔〉的书》一文，为《洛丽塔》正名。这个策略看来是有效的，加之纳博科夫在这个时候又发表了长篇小说《普宁》，《普宁》还获得美国国家图书奖提名，进一步确定了他"严肃作家"的身份。1958年8月，《洛丽塔》终在美国面世。美国报刊上出现两种截然相反的评价，这反而促成了小说的畅销，它在出版三周内即售出十万册，创造了自小说《飘》以来的最高销售纪录，在相当长时间里一直位居畅销书排行榜前列，甚至一度雄踞榜首，直到被1958年诺贝尔文学奖获得者帕斯捷尔纳克的小说《日瓦戈医生》所取代。1962年，纳博科夫应好莱坞导演库布里克之邀把小说改编成电影脚本，影片上映后也很走红。如今，这部小说已被译成世界数十种语言，被视为20世纪世界范围内最重要的长篇小说之一。如今，关于《洛丽塔》究竟是否为色情文学的争论早已烟消云散，但对于这部小说的猎奇性质的窥视欲却挥之不去，在全球范围内，"洛丽塔"仍时常被用作与性相关的商品或产业的名称，成为一个有颜色的词。

在假托小约翰·雷博士之名写成的《洛丽塔》序文中，纳博科夫不无得意地写道："的确，在整部作品中找不到一个淫秽的词。"可是毫无疑问，《洛丽塔》中的许多描写是十分"性感"的，比如少年亨伯特和少女安娜贝尔在里维埃拉海滩上的亲近场景：

> 我吻了吻她张开的嘴角和滚烫的耳垂，她浑身颤动，直打哆嗦。一簇星星在我们头顶上细长的树叶的黑色轮廓间闪着微光，那个生气勃勃的天空似乎和她轻盈的连身裙下面的身体一样赤裸裸的。我在天空里看到她的脸，异常清晰，仿佛放射着它自身微弱的光辉。她的腿，她那两条可爱的、充满活力的腿，并没有并得很紧。当我的手摸到了想要摸索的地方时，那张娇憨的脸上闪现出一种半是快乐、半是痛苦的朦胧、胆怯的神情。她坐得比我稍许高点儿。每当她独自无法控制自己强烈的感情，她总要前来吻我，她的头用一种懒洋洋的柔软的几乎显得悲伤的下垂姿势朝下弯来，她裸露的膝盖总碰到并夹住我的手腕，随后再放松。她的微微颤动的嘴似乎给一种神秘、辛辣的药水刺激得变了形，发出一种咝咝的吸气声凑到我的脸旁。她总先用焦干的嘴唇草率地擦过我的嘴唇，试图缓解一下热恋的痛苦；随后，我的宝贝总紧张不安地把头发一甩，又

缩了回去，接着又暗暗地凑近前来，让我亲她张着的嘴。同时，我以一种准备把一切——我的心，我的喉咙，我的内脏——都献给她的慷慨气魄，让她用一只笨拙的手握着我情欲的权杖。（主万译文）

再比如亨伯特与洛丽塔的第一次“身体接触”：

已经有好几天，我在房里写作时都让房门半开着，但是今天这个圈套方才见效。洛烦躁不安，把脚挪来挪去，在地板上擦了一阵后——为了遮掩她未经呼唤就自行前来找我所感到的窘困——才走进房来，四下里转了一圈，对我在一张纸上写的可怕的花体字很感兴趣。不，它们不是一个纯文学作品的作者受到灵感的影响在两段之间停顿的结果，而是我致命的欲望的丑陋的象形文字（她无法辨认出这种文字）。她刚低下头，把褐色的鬈发垂到我坐的那张书桌前，嘶哑的亨伯特就可耻地仿效有血缘关系的亲属之间所作的动作，用一只胳膊搂住了她。我的天真的小客人有点儿近视，仍然细看着她手里拿的那张纸，缓缓地倚在我的膝上，成了半坐半站的姿势。她的可爱的侧影、张开的嘴唇、暖烘烘的头发离我露出来的上腭犬牙只有大约三英寸左右；我还感到她的胳膊和腿透过顽皮姑娘穿的粗布衣服所散发出的热气。顿时我明白自己可以丝毫不受惩罚地亲吻她的脖子或嘴中央。我知道她会让我这么做的，甚至还会像好莱坞电影里教导的那样闭上眼睛。两片香草夹着热辣辣的奶油巧克力软糖——几乎也并不比这更异乎寻常。我无法告诉我的有学问的读者（我猜这时他已经把眼睛瞪得不知有多大了），我无法告诉他我是怎么知道这桩事的。也许，我那猿猴般的耳朵不知不觉地听到了她呼吸节奏中的某种细微的变化——因为她实际上并没有在看我潦草的字迹，而是充满好奇、十分镇静地等待着——噢，我的无忧无虑的性感少女！——等待着这个富有魅力的房客去做他渴望做的事儿。（主万译文）

诸如此类的描写在小说中每隔几章就会来上一段，它们当然不无情色之嫌，但是，在一部文学作品中，写什么往往并不比如何写、为何写更重要。出现在纳博科夫的小说《洛丽塔》中的情色描写，大约有这样一些写作动机和叙事目的：

首先，写作《洛丽塔》时，纳博科夫可能原本就有“走通俗路线”的初衷。1940年来到美国后，纳博科夫作为两手空空的新移民，在纽约和新英格兰等地不断迁居，艰辛度日。凭借他的鳞翅目昆虫学知识和欧洲文学知识，他开始在韦尔斯利学院、康奈尔大学和哈佛大学等美国高校任职任教。与此同时，纳博科夫最想施展的还是他的写作才华。来到美国后不久，作为一位已经享誉欧洲的俄国侨民作家，纳博科夫被迫改头换面，用英语写作。在接连出版的两部英文小说《塞巴斯蒂安·奈特的真实生活》和《庶出的标志》均未引起较大反响的情况下，纳博科夫决定在自己的第三部英文小说《洛丽塔》中剑走偏锋，打一打擦边球。《洛丽塔》他写得很苦，从1949年写起，断断续续写了五年才完稿。他显然知道这部小说题材上的“敏感性”，在把手稿递交出版社时，他甚至主动提出要“匿名”出版。他还打趣地称《洛丽塔》为一颗“定时炸弹”，这颗炸弹两年后才最终爆炸。我们不能断定纳博科夫当年写作《洛丽塔》就是想利用其特殊的情节内容来赚取优厚版税，但是通过对敏感题材的触碰来引起更多关注，恐怕也是他的写作初衷之一。换句话说，《洛丽塔》的写作有着现实的甚或现实主义的动机，即突破通俗文学和严肃文学的边界，把貌似“俗”的话题带入“雅”的文学。从这部作品的实际效果看，纳博科夫试图让《洛丽塔》能雅俗共赏的目的也达到了。一位纳博科夫的传记作者因此感叹：小说《洛丽塔》把纳博科夫一家在十月革命爆发后丧失殆尽的万贯家产又如数奉还给了他。

其次，《洛丽塔》中的情色描写是情节自身的需要，是形象塑造的需要，也是作品风格的需要。小说《洛丽塔》的主要描写对象，应该就是欲望的悲剧，纳博科夫通过对亨伯特内心深处的意识和潜意识、心理和性心理的窥探，来展示人类意识的丰富和深刻，来展示亨伯特式的性欲望可能带来的毁灭性结果。将纳博科夫的《洛丽塔》与劳伦斯的“同题”作品《查泰莱夫人的情人》（1928）做一个比较是很有意思的，两部作品都有露骨的性描写，都曾被列为禁书，但是，如果说《查泰莱夫人的情人》中的性描写旨在颂扬个人情感的神圣权利，象征情感自由对冰冷的工业时代的反抗，那么《洛丽塔》则在暗示个人的反常欲望可能导致的存在主义悲剧。这两部小说的写作仅相距20余年，其中的性爱描写却有着如此迥异的目的和指向，这也从另一个侧面彰显了小说《洛丽塔》的现代主义属性。小说《洛丽塔》的女主角洛丽塔是纳博科夫心爱的小说人物之一，作者后来自称，在他所塑造的近千个小说人物中，洛丽塔是他第二“崇敬”的角色，仅次于小说《普宁》中的同名主人公。小说中的洛丽塔相貌平平，似乎也没有任何出众的性格和才华，她还很懒散，甚至有些庸俗，只是美国新英格兰小镇上的一个普通女孩，然而，借助亨伯特的诗意描述，她却变成一个闪光的文学形象，而洛丽塔在审美上的被神化，被圣化，主要就是借助亨伯特的性幻想来实现的。正像亨伯特自己所说的那样：“我疯狂占有的并不是她，而是我自己的创造物，是另一个想象出来的洛丽塔——说不定比洛丽塔更加真实，这个幻象与她重叠，包裹着她，在我和她之间漂浮，没有意志，没有知觉——真的，自身并没有生命。”其实，文学作品中那些最优美的女性形象，其生成和存在，都离不开作品中亨伯特们（纳博科夫们）以及读者们的性想象。《洛丽塔》作为纳博科夫最具代表性的作品之一，也是纳博科夫小说风格的集中体现。纳博科夫在美国高校讲授文学课时，总是不厌其烦地强调细节的重要性；作为一位以写诗起家的小说家，纳博科夫非常热衷于在小说中营造诗意；细腻的心理感受，更是纳博科夫笔下每一个人物的标配。在阅读《洛丽塔》时我们不难感觉到，纳博科夫的这三个风格特征往往能在性感描写中获得有机的统一，亨伯特会在其性爱对象的身上发现最性感的细节，对这些细节的审美的心理感受又会转化为最诗意的文字，如此一来，《洛丽塔》的文本便呈现出某种既细腻又暧昧、既抒情又克制、既优美又负罪的特殊调性。

最后，《洛丽塔》的情色书写可能是纳博科夫的有意为之，特意为之。世界文学史上每一部划时代的文学杰作，都是对某种禁忌的挑战、突破和颠覆，而人类出版史上被查禁的对象又不外三种，即挑战政治权威的言论、有违宗教信仰的读物和有伤伦理风俗的图文，后一类禁书大多指所谓色情文学。把禁忌当成挑战对象，勇闯写作禁区，这一直是世界各国众多作家不约而同的举动，纳博科夫的《洛丽塔》也可以被视为这样一种写作策略，这样一种作家姿态。我们可以发现，在《洛丽塔》

获准出版并在世界各地流传开来之后，情色主题和性爱描写便开始渐渐地从色情文学中分离出来，并堂而皇之地步入严肃文学领域，世界各地的作家们在进行性描写的时候也就不再那么缩手缩脚了，这是《洛丽塔》为它之后的作家创作提供的一大便利。博伊德在他的《纳博科夫传》中曾提及这样一个意味深长的事实——纳博科夫在康奈尔大学的好友毕晓普读了《洛丽塔》的手稿后直言，一个中年男子爱上一个小女孩的故事在美国绝对属于禁忌，如果出版，就连纳博科夫所在的工作单位康奈尔大学也会受到牵连，学生家长和捐资人的来信会像雪片一般飞到学校："你们难道就挑了这么一个精神错乱的家伙来教我女儿？我要叫她退学，我要撤回捐赠。"可30年过后，毕晓普的妻子却在《纳博科夫在康奈尔》一文中感慨：如果她丈夫得知，他们15岁的孙女刚刚为了完成高中英文课作业而读了《洛丽塔》，他又该做何感想呢？纳博科夫通过敏感题材的《洛丽塔》完成了对某种禁忌的超越，而作家们在性题材方面的每一次突破，又都象征着人类在情感自由及其自由表达、精神独立及其独立呈现方面迈出的新的一步。就这一意义而言，《洛丽塔》的情色甚至就只是一层伪装色。

在《洛丽塔》闹得满城风雨的时候，纳博科夫曾十分自信地说："一部如此艺术水准的小说无须自我辩护，它能使作品免受任何色情的指责。”他是在暗示，艺术水准的高低也可以成为判断一部作品是否色情的标准，真正的艺术价值可以成为一部作品的特殊通行证，让其作者获得免受指责的权利。但是，在写作《洛丽塔》的时候和小说写成后不久，纳博科夫还是曾因小说的敏感题材而有过担忧，也做过“自我辩护”。纳博科夫特意为这部小说写了一篇我们前文提及的序文，假托虚构的心理医生小约翰·雷博士之名给读者打了一剂预防针：“这些场面虽然可能会被某些人不适当地指责为本身就会激起情欲，但它们却是一个悲剧故事的发展过程中最起作用的场面，而这个悲剧故事坚定不移的倾向不是别的，正是尊崇道德。”“作为一份病历，《洛丽塔》无疑会成为精神病学界的经典之作；作为一部艺术作品，它超越了赎罪的各个方面。而在我们看来，比科学意义和文学价值更为重要的，就是这部书对严肃的读者所应具有的道德影响。”在小说写成后发表的、如今常被世界各地出版者当作跋置于《洛丽塔》正文之后的《关于一本题名〈洛丽塔〉的书》一文中，纳博科夫再度涉猎这一话题：自古以来，性就是文学的一个话题，但现代商业化的色情作品则沦为平庸，“淫秽必须与平庸配对”，色情文学有其一套陈规俗套，旨在让接受者获得生理满足；出版者们拒绝《洛丽塔》，“他们是否认为我的书是写色情的，我并不感兴趣。他们拒绝买我的书并非因了我对书的主题的处理手法，而是因主题本身之故”。纳博科夫还以调侃的口吻谈到一些读者的阅读心态，说他们把此书当作《放荡女子回忆录》或《风流男人恋爱史》，期待读到越来越多的淫秽场景，结果自然读不下去，感到失望和沮丧。纳博科夫还提到编辑们的各种看法：一个编辑建议作者把洛丽塔改为12岁的男孩，再用更为简洁有力的语言来讲这个故事；一个编辑认为小说写的是“古老的欧洲诱奸了年轻的美国”，另一个则认为是“年轻的美国诱奸了古老的欧洲”；X出版社的编辑只读到第188页，却断言第二部太长了；Y出版社的编辑表示遗憾，因为小说中没有出现一个好人；Z出版社的编辑则说，这部小说会把他和社长送进监狱。在罗列了这些看法之后，纳博科夫坚定地指出：

> 不应指望一个自由国家的作家会关心美感与肉欲之间的确切界限，这一说法是荒唐的；我只会赞赏却比不过那些将年轻漂亮的哺乳动物的照片刊登在杂志上的人判断的准确，因为要在这些杂志上刊登，一般衣服的领口要低到内行人窃喜为宜，又要高到外行人不皱眉为限。情绪亢奋的平庸之辈大拇指敲打出平庸得不能再平庸的巨著，而且还被写书评的雇佣文人捧为“有力”“鲜明”之作。我认为，是有一些读者觉得这样的小说里读到的醒目的文字是挑逗人的。还有一些文雅之士，他们会认为《洛丽塔》毫

无意义，因为它没有教人任何东西。我既不读教诲小说，也不写教诲小说。不管约翰·雷说了什么，《洛丽塔》并不带有道德说教。对于我来说，只有在虚构作品能给我带来我直截地称之为美学幸福的东西时，它才是存在的……（金绍禹译文）

在这里，纳博科夫既否定《洛丽塔》这部小说是不道德的，同时也否认这是一部宣扬道德的小说，他最看重的，是作为“美学幸福”而存在的小说《洛丽塔》。

无论情色还是色情，无论粉色还是黄色，都不是小说《洛丽塔》色谱中的全部。

《洛丽塔》也是深色的。这部小说可以被当作一部悬疑小说来读，其中有贯穿始终的悬念。纳博科夫写作《洛丽塔》是与捕蝶同步进行的，他暑假时常去野外做鳞翅目昆虫学研究，他白天捕蝶，晚上就在临时住地写作《洛丽塔》，《洛丽塔》文本和蝴蝶标本是互为副产品的，大约与此有关，“猎捕”也就成了《洛丽塔》的主要故事线索。《洛丽塔》的写作开端可追溯至纳博科夫1939年用俄语写作的中篇小说《魔法师》（«Волшебник»/*The Enchanter*），《魔法师》中的主人公为了接近他看中的女孩而娶其母亲为妻的情节被保留下来，“魔

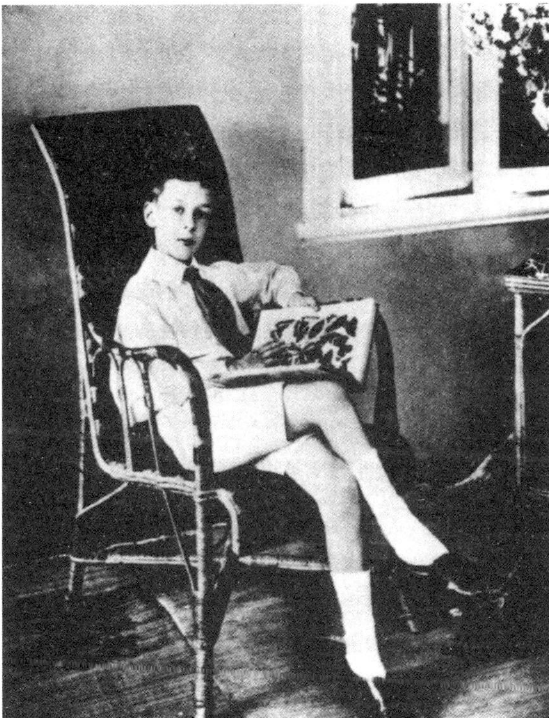

少年纳博科夫手持与蝴蝶相关的图书

拍摄者不详

法师”这个标题也被纳博科夫改头换面用作《洛丽塔》中那家旅馆的名称和奎尔蒂那部剧作的名称，即“着魔的猎人”。小说中的几个主要人物都既是猎人也是猎物，或者互为猎人和猎物：亨伯特对洛丽塔的觊觎和占有是小说的主线，但他们两人的关系中也有反向性质，即洛丽塔对亨伯特的诱惑；亨伯特和奎尔蒂都把洛丽塔当作猎物，而亨伯特也把作为自己“第二自我”的奎尔蒂当作猎捕对象，并最终杀死了他；亨伯特和他的两任妻子，即瓦莱丽亚和黑兹太太，也构成相互“猎捕”的关系。这些错综复杂的情节线索又往往是隐藏的，深埋的，这便给作品披上了一层神秘的面纱。就像博伊德所说的那样：“纳博科夫在整个作品中塞满了他想象世界的各种延时的惊奇、推迟的发现、含蓄的笑话、隐藏的浓缩物……”《洛丽塔》中遍地密码，四处地雷，再加上一个接一个的暗指、影射、隐喻和互文，使得整部作品就像一间玩逃脱游戏的密室，置身其间，既有预料中的紧张和恐惧，也有意外的发现和惊喜。

《洛丽塔》也是灰色的。在纳博科夫的作品中，《洛丽塔》是第一部描写美国的小说，它写的是美国人和美国事，展现的是美国的风景和美国的生活，甚至美国式的价值观和世界观。亨伯特从欧洲来到美国，入住黑兹太太家，居住在新英格兰地区的黑兹太太及其邻居的生活方式是最典型的美国式样；亨伯特诱拐了洛丽塔后，驾驶着黑兹太太留下的那辆蓝色轿车，带她几乎走遍美国所有的州，他也把20世纪50年代美国生活的全景图展现给了读者。小说涉猎了那个时代美国生活的方方面面，如美国电影、流行歌曲、大众杂志、广告、商标、旅游、夏令营、汽车旅馆、寄宿学校、快餐店、冷饮店、薯片、棒棒糖和圣代冰激凌等等。尽管纳博科夫一直拒绝文学中的“现实主义”，可一贯注重细节捕捉和展示的他在《洛丽塔》中一如既往，客观上却使这部小说成了20世纪中期美国社会生活的“真实反映”。这样的内容不仅对美国以外的读者很有吸引力，也是美国读者广泛认同这部小说的主要原因之一，这恐怕是小说《洛丽塔》被接受的结果与纳博科夫的文学立场开的一个小玩笑。尽管纳博科夫一再声称，“通过阅读虚构小说了解一个国家、了解一个社会阶级或了解一个作家，这种观点是幼稚可笑的”，但他同时也乐于承认，《洛丽塔》是他“与英语的恋爱记录”，是他被迫放弃他得心应手的俄语、代之以二流英语的无奈之举。也就是说，《洛丽塔》是纳博科夫的文学写作英语化、美国化的一个标志，这部小说因此被视为他作品中“最美国的一部”，其作者也由此成为“一位美国作家”。但值得注意的是，在描写现实的美国生活时，纳博科夫也带有他惯常的幽默和嘲讽，甚至旁观和解构，从而给美式生活涂抹上一层浓重的灰暗色调。在小说中，他对美国电影、时尚杂志等美国大众文化的讥讽，他对夏令营、寄宿学校等美国人引以为傲的教育方式之弊端的影射，他对美国小镇人社交生活的冷嘲，都曾引起一些议论，这使得纳博科夫不禁要直截了当地自我辩护："有些审稿的加在我头上的还有一个罪名，他们说《洛丽塔》是反美的。这一个罪名比起愚蠢地说淫秽不道德来使我痛苦得多了。"纳博科夫在《洛丽塔》中对美国和美式生活所持的态度，说到底还是他一贯的文字调性，以及绝大多数艺术家在面对现实时都会持有的嘲讽态度，再说，他的这种调性和态度本身就非常美国化。

《洛丽塔》也是金色的。小说通篇都是亨伯特滔滔不绝的雄辩、满怀深情的回忆和不无炫耀的引经据典，这让作品不时焕发出某种亮丽的色调。纳博科夫笔下的亨伯特是一个十分复杂的形象，他身上无疑具有某种双重人格。纳博科夫似乎并不同情他的这个男主人公，他曾给这个人物下过这样一个定论："一个自负、残忍的恶棍，却努力显得很'动人'。"可是纳博科夫却试图迷惑读者，让读者有可能对亨伯特产生恻隐之心，就像"陪审团的女士们和先生们"一样，或许会被亨伯特的花言巧语所打动。亨伯特当然是个恶棍，他娶第一个妻子瓦莱丽亚，是将她当成释放性欲的安全阀；他娶黑兹太太是为了接近她的女儿洛丽塔，婚后不久就试图谋杀黑兹太太；他对洛丽塔的所作所为当然更是非道德的，这是一个十足的罪犯。但是，亨伯特也有他的另一面，他学识渊博，富有想象力，具有细腻的情感和敏锐的意识，最重要的是，他对洛丽塔的情感既有罪恶的一面，也有真诚的一面，既有亵渎的、毁灭的一面，也有审美的、重构的一面，正是在他的意识中，外表乃至内心都十分普通的洛丽塔却成为一个洋溢着青春活力和仙女魔力的审美对象。更为重要的是，他用他的自白，用他充满艺术感染力的自白，在巧妙地做着自我辩解。他承认自己是罪犯，是恶魔，与此同时也在表白他内心的纠结，他情感的真诚，甚至他的道德忏悔。亨伯特在小说中谈到自己的第一人称叙述时，时而说是“供述”，时而说是“陈述”，时而说是“自白”，时而说是“回忆”。他的故事既是法庭陈述和自我辩护，同时也是爱情表白和心灵忏悔，他的叙述调性时而悲怆时而滑稽，时而抒情时而奸诈，小说的文字风格似乎就是亨伯特双重人格的具体显现。在小说的开端部分，亨伯特关于他少年时期与安娜贝尔相爱情景的回忆，均沐浴着里维埃拉海滩上的金色阳光。第一次出现在亨伯特视线中的洛丽塔正在晒日光浴，她的金色躯体从此也留在了读者的记忆中。对于洛丽塔的深情呼唤出现在小说的开头和结尾，像是给全书的文本镶嵌了一个金色的画框。这是小说的开头：“洛丽塔是我的生命之光，欲望之火，同时也是我的罪恶，我的灵魂。洛—丽—塔；舌尖得由上腭向下移动三次，到第三次再轻轻贴在牙齿上：洛—丽—塔。早晨，她是洛，平凡的洛，穿着一只短袜，挺直了四英尺十英寸长的身体。穿着宽松裤子，她是洛拉。在学校里，她是多莉。正式签名时，她是多洛蕾丝。可是在我的怀里，她永远是洛丽塔。”这是小说的结尾：“上帝让亨·亨至少多活上两三个月，好让他使你活在后代人们的心里。我现在想到欧洲野牛和天使，想到颜料持久的秘密，想到预言性的十四行诗，想到艺术的庇护所。这就是你和我可以共享的唯一不朽的事物，我的洛丽塔。”从占有式地把洛丽塔揽在“怀里”，到用文字让洛丽塔“不朽”，亨伯特实际上已经完成了他的道德忏悔。他在杀死作为其另一半自我的奎尔蒂之后，站在山坡上等待警察的抓捕，此时他听到山下传来一阵孩童的嬉闹声，他突然产生一个顿悟：“我站在这高高的斜坡顶上倾听那悦耳的震颤，倾听那矜持的窃窃私语中间迸发出的不相连的喊叫，随后我明白了那令人心酸、绝望的事并不是洛丽塔不在我的身边，而是她的声音不在那片和声里面。”在这个时刻，亨伯特的精神和情感似乎也攀到“高高的斜坡顶上”，实现了一次提升，在他的这个顿悟中，饱含着他对失去童年的洛丽塔和洛丽塔失去了的童年的哀悼，当然也掺杂着他的忏悔。也可以说，亨伯特对于洛丽塔的欲望逐渐升华为爱情，或是广义的爱，包括父爱成分在内。因此在见到怀孕的洛丽塔时，他才敢于理直气壮地说：“我对她看了又看，心里就像清楚地知道我会死亡那样，知道我爱她，胜过这个世上我所见过或想象得到的一切，胜过任何其他地方我所希望的一切。”所有这些段落，似乎都放射着带有迷惑色彩的金色光芒。

《洛丽塔》很可能还具有其他一些颜色，每一位读者的阅读目光其实都是一副有色眼镜，都能在这部小说中分辨出不同的颜色，或者把不同的颜色投射到这部小说中去。